美思有言　诗乐同行
——诗情乐音话思政

张口天　著

上海大学出版社
·上海·

图书在版编目(CIP)数据

美思有言　诗乐同行：诗情乐音话思政/张口天著．—上海：上海大学出版社，2018.10
　ISBN 978-7-5671-3338-9

Ⅰ.①美…　Ⅱ.①张…　Ⅲ.①杂文集－中国－当代　Ⅳ.①I267.1

中国版本图书馆 CIP 数据核字（2018）第 248577 号

责任编辑　刘　强
封面设计　柯国富
技术编辑　金　鑫　钱宇坤

美思有言　诗乐同行
——诗情乐音话思政
张口天　著
上海大学出版社出版发行
（上海市上大路99号　邮政编码200444）
（http：//www.shupress.cn　发行热线021-66135112）
出版人　戴骏豪

*

南京展望文化发展有限公司排版
江苏德埔印务有限公司印刷　各地新华书店经销
开本890 mm×1240 mm　1/32　印张7.25　字数157千
2018年10月第1版　2018年10月第1次印刷
ISBN 978-7-5671-3338-9/I·511　定价　58.00元

序

上海大学党委副书记

徐 旭

上海大学是一所新组建时间不长，却有着悠久的文化传承、秉承先进教育理念的高等学府，一直以人文教育、通识教育、短学期制、学分制、选课制为办学特色。学校始终锐意改革、充满活力，就是为了促进和实现学生的全面发展和终身发展。钱伟长先生有句话："我们大学培养的学生，首先应该是一个全面的人，是一个爱国者，一个辩证唯物主义者，一个有文化艺术修养、道德品质高尚、心灵美好的人；其次才是一个拥有学科专业知识的人，一个未来的工程师、专门家。"这句话道明了培养学生全面发展的内涵，也指出人文、社会、艺术、体育教育不仅有利于人格养成和素质提升，有利于学生树立正确的世界观、人生观、价值观，而且对于办出符合时代需要、符合人才成长规律的一流本科教育具有一定的启示。新上大组建20多年来，我们欣慰地看到"培养全面发展的、具有创新精神的人"的理念，已经化作为各种具体的行动、举措和制度，融化为上大的文化，滋养着一批又一批上大人不断成长，让他们更加地热爱祖国、胸怀天下、自强不息、敢于担当、追求卓越。

近年来，上海大学不断探索文化艺术素质教育教学的创新模式，在建立完善课程体系、构筑改进课外培养体系、加强支撑素质教育的校园文化建设等方面取得了一定的成效。在构筑改进文化艺术素质教育课外培养体系方面，尤其值得注意的是，为了以最贴近年青人的方式有效推进艺术素质教育，学校积极开展了许多面向全校学生的形式新颖、内涵丰富的大学生艺术素质教育活动。正是在此背景下，2015年五四青年节之际，上海大学团委推出了"青春校园　诗乐同行"诗歌艺术活动。这项活动旨在带领人们聆听经典回响、净化心灵、摒弃浮华，希望人们用诗意的方式看待生活、影响生活，为校园和社会构筑一条富有情怀、关注苍生的人文艺术之路。一方面创新了艺术素质教育活动的组织形式，将音乐与诗歌两种艺术形式有机地结合起来；另一方面创新了艺术素质教育活动的传播方式，不仅通过上海大学广播台的电波来传达青春的诗意问候，而且在上海大学团委的微信公众号"团聚上大"上推出活动的视频内容和张口天老师的感悟与赏析。

活动中既有师生默契的诗歌吟诵，也有老道精湛的名曲演奏，短时间内就小有成就，获得广大师生的好评，着实不易。2016年7月，张口天老师的感悟与赏析文字结集为《青春校园　诗乐同行》一书正式出版，对"诗乐同行"活动做了一次阶段性总结和展示。两年过去了，她又要结集出版一本新作。我为上海大学团委"诗乐同行"团队扎实严谨的工作感到欣慰，希望这个品牌活动能继续秉承"先天下之忧而忧，后天下之乐而乐"的校训精神，不忘团组织的使命和作用，在诗歌和音乐的激荡与交相辉映中，营造一流大学的校园文化，塑造学生的美好心灵，激发和提高学生的审美情趣，让广大学生把懂得美、欣赏美、追求美与建设美好祖国、成就美好人生结合起来，发挥好文化艺术的育人功能，让文化艺术在一流大学的建设进程中发挥重要作用。

少年强则国家强，文化兴则国家兴，祝愿"诗乐同行"活动越办越好。

2018年9月

1	第一季	文化育人，立德树人
3	第一期	舒婷《祖国啊，我亲爱的祖国》 吕其明《红旗颂》
12	第二期	食指《相信未来》 谭盾《爱的往事》
22	第三期	刘成章《安塞腰鼓》 胡小鸥《土地的歌声》
33	第四期	［瑞士］卡尔·施皮特勒《含笑的玫瑰》 马君玉译 ［奥地利］弗朗茨·舒伯特《小夜曲》作品957之4
44	第五期	［美］沃尔特·惠特曼《我自己的歌》（节选） 陈冲译 ［英］罗伯特·普莱兹曼《我灵镇静》
55	第二季	革命之路，艰难辉煌
57	第一期	艾青《雪落在中国的土地上》 ［俄］彼得·伊里奇·柴可夫斯基 钢琴套曲《四季》作品37b之《六月——船歌》

70	第二期	毛泽东《沁园春·长沙》
		古曲《将军令》
79	第三期	穆旦《赞美》
		[捷克]贝德里赫·斯美塔那《我的祖国》
90	第四期	[德]内莉·萨克斯《被拯救者同声歌唱》 魏家国译
		[德]路德维希·凡·贝多芬《D小调第九交响曲》作品125
101	第五期	[俄]亚历山大·普希金《致大海》 戈宝权译
		[俄]谢尔盖·瓦西里耶维奇·拉赫玛尼诺夫《C小调第二钢琴协奏曲》作品18

113　第三季　芳华岁月，似水流年

115	第一期	[印度]泰戈尔《生如夏花》 郑振铎译
		[挪威]伊莱克特斯《阿斯加德》
126	第二期	屈原《九歌·少司命》
		[日]梁邦彦《风之誓言》
135	第三期	[英]查理·卓别林《当我真正开始爱自己》 方圆译
		[英]查理·卓别林《蓝眼睛》

146	第四期	［葡萄牙］费尔南多·佩索阿《当虚空留给了我们》 杨子译
		［西班牙］卡洛斯·努涅兹《黎明破晓》
155	第五期	［法］夏尔·皮埃尔·波德莱尔《黄昏的和歌》 陈敬容译
		［法］莫里斯·拉威尔《波莱罗舞曲》

165　第四季　科技之路，万象更新

167	第一期	［英］西格夫里·萨松《于我，过去、现在以及未来》 余光中译
		［英］爱德华·埃尔加《E小调大提琴协奏曲》作品85
176	第二期	余光中《等你，在雨中》
		林海《勿忘随行》
186	第三期	［波兰］维斯拉瓦·辛波丝卡《博物馆》 李晖译
		［波兰］弗雷德里克·弗朗西斯克·肖邦《降A大调英雄波兰舞曲》作品53
196	第四期	［捷克］雅罗斯拉夫·塞弗尔特《在这个世界上我留着》 贾佩琳、欧阳江河译
		［捷克］安东·利奥波德·德沃夏克《幽默曲》

	作品101之7
204	第五期　李皓《新时代放歌》
	朱海作词、舒楠作曲《不忘初心》
217	**主要参考文献**

第一季

文化育人，立德树人

舒 婷《祖国啊,我亲爱的祖国》
吕其明《红旗颂》

祖国啊,我亲爱的祖国

舒 婷

我是你河边上破旧的老水车,
数百年来纺着疲惫的歌;
我是你额上熏黑的矿灯,
照你在历史的隧洞里蜗行摸索;
我是干瘪的稻穗;是失修的路基;
是淤滩上的驳船
把纤绳深深
勒进你的肩膊;
——祖国啊!

我是贫困,
我是悲哀。
我是你祖祖辈辈
痛苦的希望啊,
是"飞天"袖间

千百年未落到地面的花朵；
——祖国啊！

我是你簇新的理想，
刚从神话的蛛网里挣脱；
我是你雪被下古莲的胚芽；
我是你挂着眼泪的笑涡；
我是新刷出的雪白的起跑线；
是绯红的黎明
正在喷薄；
——祖国啊！

我是你的十亿分之一，
是你九百六十万平方的总和；
你以伤痕累累的乳房
喂养了
迷惘的我、深思的我、沸腾的我；
那就从我的血肉之躯上
去取得
你的富饶、你的荣光、你的自由；
——祖国啊，
我亲爱的祖国！

1979 年 4 月

蒙 思

记得前不久,自己碰巧读了一本人类学家的著作。在这本书中,我极为惊叹于作者的坦诚。作为一名知识分子,作者不停地述说自己如何钟情于爱马仕、Birkin,如何想得到它们。突然发觉知识分子也不可避免地庸俗,而且会利用知识装饰自己的庸俗,但归根到底还是庸俗。

既然谈到庸俗,打破砂锅问到底的人,具有批判精神的人,会反问道:到底什么是庸俗?庸俗是一个社会问题、一个伦理道德问题,还是一个政治问题,或者说是一个经济问题?正如前一段时间贸易战中爆发出来的爱国学说。到底怎样才是爱国?是不是只用国货就等于爱国,我用日本人、美国人制造的东西就是不爱国?许多事实表明,想对什么是爱国进行一番清晰严谨的解答,并不是一件简单的事情。

100多年前,就有人对爱国问题产生兴趣。《爱国论》写于1899年,作者是梁启超。对于梁启超的文章,脍炙人口的那篇必定是《少年中国说》,其流行的程度——《少年中国说》一度成为一个娱乐节目的名字。《爱国论》比之《少年中国说》,想必有过之而无不及。这篇雄文不但读起来振聋发聩,凛凛有生气,而且察人所不能察,发人深省。

这篇100多年前写就的文章,清楚地给出了"什么是爱国"这一严峻问题一个"标准"答案。"国者何?积民而成也。国政者何?民自治其事也。爱国者何?民自爱其身也。故民权兴则国权立,民权灭则国权亡。为君相者而务压民之权,是之谓自弃其国;为民者而不务各伸其权,是之谓自弃其身。故言爱国必自兴民权始。"在梁启超看来,要想爱国,必须懂得什么是国家。国家本是一个近代以来的概念。国人一向以所居之处为中心、所居之处为天下,根本毫无国家概念。所以,梁启超在谈到洋人的爱国精神时,不由自主地指出,并不是国人不爱国,而是当时的中国人还不具备国家意识而已。在海外的国人受到现代国家意识与现代文明的启蒙,深深地懂得一个国家强大的重要性。祖国强大了,能为国人带来自豪与荣光,使国人不再受洋人的嘲笑与鄙视,爱国意识必然产生。

因此梁启超指出"国"与"民"的不可分割性,两者是一体两面。如果自己的国民不把自己的国家当回事,不"以国事为己事,以国权为己权,以国耻为己耻,以国荣为己荣",则国家必亡。而国家对待国民的态度也直接影响爱国意识的形成。"今试执一人而语之曰:'汝之性,奴隶性也;汝之行,奴隶行也。'未有不色然而怒者。然以今日吾国民如此之人心,如此之习俗,如此之言论,如此之举动,不谓之为奴隶性、奴隶行不得也。夫使吾君以奴隶视我,而我以奴隶自居,犹可言也;今吾君以子弟视我,而我仍以奴隶自居,不可言也。"没有人天生就喜欢为奴,实际上,国民成为奴才多不是自己的本意。国家由民智汇聚而成,只有国民的权利能够得到保证,国家的权利才能顺达,国民才能爱国。如果当权者压制国民的权利,老百姓无法伸张自己的权利,甚至权利被肆意剥夺,那么国民自然不得不放弃爱国的义务,被迫为奴。日子久了,奴性逐渐成为国民的本性,国家与人民自然走向对立与分裂,爱国从何谈起？

所以说，没有哪个国家的人民不是用鲜血和学识，不是用自己的力量伸张权利以获取自身权利的。在文末，梁启超用大量的对比反复论述，真正的爱国就是要开民智，启蒙理性，为国民争取个人权利。不保证国民权利，不让国民伸张正义、自主其事的国家，就不能成为现代意义上的国家。为奴的民众，也不能成为真正的国民。

可见爱国并不是一件小事。它不仅仅是人类历史中的爱国行动，更重要的是一种态度与价值观发展的表现。梁启超清楚地意识到西洋国家的强大是因为其完整的人格，而不是空有一腔热血，盲目冲动地破坏社会秩序，干扰他人生活。可能爱国理念的诱人之处就在于它会改变我们的日常世界。

回到舒婷的这首诗，作者呈现的正是爱国主义构造历史的一种力量。诗人把爱国与中国过去的贫穷联系起来，通过精选的一组意象——中国人民的苦难与梦想，爱国成为振奋人心，让人崛起献身国家的一种力量。这种力量正是来自人民内心的与祖国一起走向希望的激情和决心。爱国不仅仅是一个简单的行为，而是遭遇挫折的一代青年，历经苦难屈辱、世道沧桑、贫穷落后，在逆境中与西方列强抗争的必然结果。

从严格意义上讲，爱国在更加广阔的历史背景中，一直扮演着一种中介的角色。在国家和社会层面，爱国的真正目的，爱国扮演的角色，都和传播体制密不可分。爱国在更大的目的上要视为一个经济和社会现象来讨论才能得到合理的解释——可以说，爱国是巨大的经济事业的一部分。

诗　说

　　岁月变迁，时间如流，展眼之际，突然发现，在当下给爱国下个定义是一件困难的事情。到底什么是爱国？我们只能说：在内心深处，它是一种占支配地位的话语；在精神层面，它是一种时代的需要；在身体方面，它是躲在重重幕影后面的被我们的爱所支配的隐秘的陶醉。

　　如果有一种爱国的形式，只有一种形式，它很难被长期隐藏，也不可能长期假装，唯一的判断，是与激情相掺杂的纯粹的爱的行动。这种爱的行动，如同火焰一样，炽烈持久，但其副本却成千上万，千差万别。在诗人的眼中，用语言表达爱国，是一种勉强的——怎么说呢，一种明摆着"说出来就不是诗歌"的感觉。诗歌是不应该用逻辑言语解说清楚的。正如伽达默尔所说，诗歌是林中路。

　　在诗人舒婷的眼中，爱国总是与过去紧密相连的，不是空洞的描述。我们无法忘记过去，它是与我们的现实生活融合在一起的交织体，它以缓慢抒情的节奏，演绎着一首人类命运共同体探索出路的最真实的呼声。语言总有穷尽之处，而诗人却认认真真做着一项极有意义的工作：用浅显的极其有限的词汇，把锁在古老文明中的精神财富用意象呈现出来。

　　舒婷说："你以伤痕累累的乳房喂养了迷惘的我、深思的我、沸腾的我；那就从我的血肉之躯上去取得你的富饶、你的荣光、你的自由。"伴随着极具冲击感的画面的，是祖国历程中的一个个镜头，是祖国与人民共呼吸，共患难，共生死，共思忧，共前进，共同探索出路的歌唱。爱国意味着像工人一样开着机器，像农民一样种植田地，如同每一位普通劳动者一样，在自己的岗位上创造着爱国的幸福，用自己的劳动换取祖国的富饶、光荣与自由。直到有一天不再有恐怖的恫吓，不再有外来的凌辱和压迫，不再有自怨自艾的命运，而是一边走一边吹着自豪的号角，兴奋地挥舞着双臂，大胆地向前迈进。

乐　说

吕其明，1930年5月出生，中国杰出的交响乐作曲家，著名电影音乐作曲家，中国文学艺术界联合会第十届荣誉委员。以其管弦乐序曲《红旗颂》、交响叙事诗《白求恩》等一批大气磅礴的交响乐杰作，开一代先河，奠定了他在中国音乐史上不可撼动的地位。在有生之年，无私地奉献，为党、为人民多做一点有益的工作，是吕其明的人生信条。

《红旗颂》于1965年创作并首演成功，作品以红旗为主题，描绘了1949年10月1日中华人民共和国成立时第一面五星红旗冉冉升起的情景。新中国诞生了！人们仰望红旗，心潮澎湃！同样，《红旗颂》以宏伟庄严的歌唱性的旋律，表现了中国人民在红旗的指引下英勇顽强、奋发向上的革命气概，热烈讴歌了伟大祖国蒸蒸日上的繁荣景象。该乐曲融入了《东方红》《义勇军进行曲》和《国际歌》的旋律。

这是一首赞美革命红旗的颂歌。乐曲开始，小号奏出以国歌为素材的引子，紧接着，弦乐奏出舒展、优美的颂歌主题。

在历史长河中，有许多音乐作品都被人淡忘了，《红旗颂》

却因旋律优美、感情真挚，2017年仍在音乐会上演奏，这不能不说是作曲家吕其明的成功之作。在创作《红旗颂》时，他的革命经历和革命家庭，深深影响着他音乐的构思，并诉诸生动的音乐语言。因此乐曲饱含了那种来自革命生涯的独特的切身体验，实是经过战火锤炼的呕心之作。

正如作曲家所说："从党的诞生到新中国成立，无数革命先烈浴血奋战，前赴后继，为革命献出了生命，我一定要用音乐的语言，用音乐表现出来。"

第二期

食　指《相信未来》
谭　盾《爱的往事》

相信未来

食 指

当蜘蛛网无情地查封了我的炉台
当灰烬的余烟叹息着贫困的悲哀
我依然固执地铺平失望的灰烬
用美丽的雪花写下：相信未来

当我的紫葡萄化为深秋的露水
当我的鲜花依偎在别人的情怀
我依然固执地用凝霜的枯藤
在凄凉的大地上写下：相信未来

我要用手指那涌向天边的排浪
我要用手掌那托起太阳的大海
摇曳着曙光那温暖漂亮的笔杆
用孩子的笔体写下：相信未来

我之所以坚定地相信未来
是我相信未来人们的眼睛——
她有拨开历史风尘的睫毛
她有看透岁月篇章的瞳孔

不管人们对我们腐烂的皮肉
那些迷途的惆怅、失败的苦痛
是寄予感动的热泪、深切的同情
还是轻蔑的微笑、辛辣的嘲讽

我坚信人们对于我们的脊骨
那无数次的探索、迷途、失败和成功
一定会给予热情、客观、公正的评定
是的，我焦急地等待着人们的评定

朋友，坚定地相信未来吧
相信不屈不挠的努力
相信战胜死亡的年轻
相信未来，热爱生命

1968年　北京

蒙 思

20世纪60年代，在历史的大叙述上，是一个全新世界的展开。这一时期，世界版图发生了巨大的震动，许多革命激烈闪现。20世纪60年代，同样是革命者辈出的时期。这一时期我们不仅能够看到法农、马丁·路德·金、甘地、切·格瓦拉等一批思想家与革命者的精神交相辉映，还能够看到法国1968年"五月风暴"等一系列世界性的革命运动。尽管这些革命运动中产生的精神资源和革命性质还处于争议之中，但对现实情境中的人来说，我们从没有丧失对公平正义世界的想象，对乌托邦未来参数的设置，做一个现实主义的清醒者。

20世纪60年代，是被许多人所尊崇的一个时期，一个思索与创造众多历史资源与革命资源的时期。许多学者自觉地从这一文化症候中汲取力量，重新启动整理这一时期所遗留下来的重要文化遗产，尝试重新打开曾经被线性与流行产品所拒绝和封闭的历史道路。而正是眼前去历史、扁平化历史、封闭历史、拒绝面对历史的状况，才为我们在其间获得历史的位置、文化的位置、普罗大众的位置寻找到一份实在的能指。这种开创性的事业，关乎的正是人类的命运。

20世纪60年代，是火红的年代，是全世界理想主义者与全世界最优秀的人集中爆发与创造新世界的年代，是一个乌托邦与实践乌托邦运动历史场域的主导时期。

20世纪60年代，是世界民族解放运动的高潮期，特别是亚非拉地区，殖民地纷纷获得独立，成为反对帝国主义的侵略与霸权的前沿阵地。在中苏关系恶化、破裂，美帝敌视的历史时刻，毛泽东开始探索中国支持世界革命的历史课题，而支持第三世界国家的民族革命运动，成为现实性的道路选择。中共中央认为："亚洲、非洲、拉丁美洲的广大地区是当代世界各种矛盾集中的地区，是帝国主义统治最薄弱的地区，是目前直接打击帝国主义的世界革命风暴地区。这些地区的民族民主革命运动，同国际社会主义革命运动，是当代的两大历史潮流。"社会主义中国提出支持亚非拉第三世界国家的民族民主运动，成为中国国际主义精神的象征。

同样在20世纪60年代，被人们反复书写与征用的思想资源就是弗朗茨·法农——这位出身贵族家庭的反殖民思想家与革命斗士。"自被殖民者开始按住捆他的绳索，使殖民者不安起，人们就把他托付给一些好心肠的人，他们在'文化素养大会'中，向他展示西方价值的特效性、丰富性。但每次涉及西方价值时，被殖民者就会产生一种僵硬、肌肉强直痉挛。在非殖民化时期里，要求被殖民者们的理智。向他们提议一些可靠的优秀人物，对他们大量解释非殖民化不该意味着倒退，应该依靠一些有经验的、牢固的、得到好评的优秀人物。然而，却有这样的事情：当一个被殖民者听到一个关于西方文化的讲话时，他就抽出自己的大砍刀或至少保证手够得着自己的大砍刀。为显示出白人的价值至高无上而使用过的暴力，浸透着这些价值在同被殖民者的生活或思想方式的胜利较量时的侵略性，由于天地公道，这暴力和侵略使得有人在被殖民者面前提起这些价值时，被殖民者对此嗤之以鼻。在殖民的情况下，殖民者只有在被殖民者以让人听得清楚的大嗓门承认白人的价值至高无上时才中断其压迫被殖民者的工作。在非殖民化时期里，被殖民群众对这些价值不屑一顾，蔑视之，唾弃之。"迄今为止，法农的著作仍旧被看做前殖民地国家民众反殖、解殖最重要的理论武器和奠基之作。法农也成为20世纪60年代革命生产的一个重要的维度，代表着前殖民地地区独立建国运动的抗衡之路。

在亚洲，圣雄甘地被称为印度民族解放运动与政治运动的精神领袖。他倡导的"非暴力不合作运动"，以自己的血肉之躯对抗强大的帝国主义殖民机器，以和平的方式为自己祖国的人民争取独立与解放。甘地说："一边是真理和非暴力，一边是谬误和暴力，在这两者之间没有调和的余地。我们也许不可能做到在思想言词和行为中完全非暴力，但我们必须始终把非暴力作为我们的目标稳步地向它接近。不管是一个人的自由还是一个民族或整个世界的自由，都必须通过这个人、这个民族或这个世界的非暴力来达到。"

同样倡导以非暴力的形式进行民权抗争的思想领袖就是马丁·路德·金。哪怕对历史不甚了解的人都对那句著名的演讲开头了然于胸："I have a dream."对于美国黑人解放运动来说，马丁·路德·金的思想代表着黑人的精神世界，代表着人类的骄傲。正是马丁·路德·金发起的美国黑人华盛顿游行运动，直接促成了1964年美国《民权法案》的出台与通过。自1862年美国总统林肯发表《解放黑奴宣言》100多年之后，美国才在法律层面上终止了种族隔离与种族歧视制度，尽管在实际生活中的抗争远未结束。

在20世纪60年代,最令人着迷的革命领袖无疑是切·格瓦拉。这位出生于阿根廷的古巴革命者一直是60年代全球关注的明星。人们不仅对他充满了浪漫化的想象,而且用他填补了流行商业历史的大段空白,他被错置于媒体中,并被反复消费。

20世纪60年代的历史片段还远非如此,它的影响也延展到了我们现实变革社会秩序的运动之中。也许,60年代,它触动我们最深刻的地方就在于它促使我们反观当代中国的现实问题,在参与中国新时代社会主义建设过程中创造属于我们自己的未来。

诗　说

食指,本名郭路生,1948年出生。这首诗是诗人的代表作,创作于1968年,是以"文化大革命"这段历史作为心理背景的。只看题目,不看写作年代,我们会以为这是一首现代派作家的诗歌,其内容指向的应该是一种毋庸置疑的、绝对的现代性的体验。如果说现代化是一个崭新的、伟大的、开创性的历史情境的话,我们有理由相信人类未来的命运是光明的、辉煌的。伴随着人类未来的应该一个是日新月异、令人兴奋与振奋的科技革命,一个可以改变人类整体命运的现代性的结果。

但是,显然处在此刻历史位置上的我们会拒绝给未来一个肯定性的承诺。我们很难在这个物质丰饶、价值多元、媒体革命层出不穷的时代,百分之百地认定我们所面对的这个世界——撕裂的认同困境、隆隆炮火不断、生态环境持续恶化、贫富差距从未如此之大——会有一个光明的未来。在重读食指这首《相信未来》的时候,你是否产生一种似曾相识的感觉:面对着生存威胁、不着边际、陷入巨大黑暗旋涡的同时,生命本能让我们相信时代是在进步的,文明是可以重建的,普世价值伦理道德还没有完全被毁灭,我们暂时还衣食无忧,可以继续安稳地过小确幸的日子。

食指说:"当蜘蛛网无情地查封了我的炉台,当灰烬的余烟叹息着贫困的悲哀,我依然固执地铺平失望的灰烬,用美丽的雪花写下:相信未来。"要相信未来,这是生活中我们经常用来安慰自我的心理暗示。这种切身体验是在灰暗的、毫无生机的灰烬中想象着未来,但诗人没有因为灰烬般的死寂而丧失对未来光明生活的向往。这种对未来的强烈期许,来自怎样的信念?也许当你身处绝境,命运不济,而又在黄昏中丢失了一代人的信仰之时,只有相信未来,才能坚定地在黑暗中寻找、探索未来之路在何方。

诗人是幸运的,他等到了他所期许的未来时代给予他热情、客观、公正的评定,那个东西方交汇的地平线升起了继往开来、融会贯通的曙光。

但是,我们是否足够幸运,能找到属于自己的未来之路?

乐　说

谭盾,1957年8月18日出生于湖南长沙茅冲,著名作曲家、指挥家,在国际上享有盛名。他是约翰·凯奇的追随者,以其非常规音像手段、音乐剧场以及自己的作品中的大量拼贴（音响以及自己的其他作品）闻名。

2001年，获美国第73届奥斯卡最佳原创音乐奖。2006年，被世界十大中文媒体被评为影响世界的十位华人。2008年，为北京奥运会创作体育展示音乐。2010年，担任中国上海世博会全球文化大使。

谭盾自幼深受中华楚文化的影响，高中时下放到农村插队，后在县京剧团开始其职业音乐家的生涯。1978年，考入北京中央音乐学院作曲系，随赵行道、黎英海学习作曲，随李华德学习指挥，取得音乐硕士学位。1986年，获纽约哥伦比亚大学奖学金，随大卫多夫斯基及周文中学习并获音乐艺术博士学位。以创新而著称的作曲家、指挥家谭盾，被誉为东方的马可·波罗和中国的文化名片。1999年，指挥家小泽征尔邀请他出任美国坦戈伍德现代音乐节的音乐总监，后来谭盾带着他自己独有的音乐理念和中国文化，开始了他的指挥生涯。

21世纪初，他已成为世界15个顶级交响乐团的常客，他能把交响乐的写作与指挥艺术结合起来。他说："指挥的风格、手势取决于音乐作品的风格与文化，中国音乐前所未有的独特性和独立性，急需我们去发现和发展一种崭新的指挥技巧和风格去吻合当今时代的需要，当前中国交响乐正在全世界'兴风作浪'，你不去做，谁做？"

《爱的往事》出自电影《夜宴》的原声大碟，通过这张唱片，大家可以领略到作品穿越千年的神秘气息。《夜宴》与原声在走势上不但有由静转动的层次感，更能给人以静制动的震撼体验。《爱的往事》这首作品,紧贴电影主题,美得令人窒息的主旋律把那一份孤独、悲伤、爱意真切地表达了出来,听后让人回味无穷。

第三期

刘成章《安塞腰鼓》
胡小鸥《土地的歌声》

安塞腰鼓

刘成章

一群茂腾腾的后生。

他们的身后是一片高粱地。他们朴实得就像那片高粱。

咝溜溜的南风吹动了高粱叶子，也吹动了他们的衣衫。

他们的神情沉稳而安静。紧贴在他们身体一侧的腰鼓，呆呆的，似乎从来不曾响过。

但是：

看！——

一捶起来就发狠了，忘情了，没命了！百十个斜背响鼓的后生，如百十块被强震不断击起的石头，狂舞在你的面前。骤雨一样，是急促的鼓点；旋风一样，是飞扬的流苏；乱蛙一样，是蹦跳的脚步；火花一样，是闪烁的瞳仁；斗虎一样，是强健的风姿。黄土高原上，爆出一场多么壮阔、多么豪放、多么火烈的舞蹈哇——安塞腰鼓！

这腰鼓，使冰冷的空气立即变得燥热了，使恬静的阳光立即变得飞溅了，使困倦的世界立即变得亢奋了。

使人想起：落日照大旗，马鸣风萧萧！

使人想起：千里的雷声万里的闪！

使人想起：晦暗了又明晰、明晰了又晦暗、尔后最终永远明晰了的大彻大悟！

容不得束缚，容不得羁绊，容不得闭塞。是挣脱了、冲破了、撞开了的那么一股劲！

好一个安塞腰鼓！

百十个腰鼓发出的沉重响声，碰撞在四野长着酸枣树的山崖上，山崖蓦然变成牛皮鼓面了，只听见隆隆，隆隆，隆隆。

百十个腰鼓发出的沉重响声，碰撞在遗落了一切冗杂的观众的心上，观众的心也蓦然变成牛皮鼓面了，也是隆隆，隆隆，隆隆。

隆隆隆隆的豪壮的抒情，隆隆隆隆的严峻的思索，隆隆隆隆的犁尖翻起的杂着草根的土浪，隆隆隆隆的阵痛的发生和排解……

好一个安塞腰鼓！

后生们的胳膊、腿，全身，有力地搏击着，疾速地搏击着，大起大落地搏击着。它震撼着你，烧灼着你，威逼着你。它使你从来没有如此鲜明地感受到生命的存在、活跃和强盛。它使你惊异于那农民衣着包裹着的躯体，那消化着红豆角角老南瓜的躯体，居然可以释放出那么奇伟磅礴的能量！

黄土高原啊，你生养了这些元气淋漓的后生；也只有你，才能承受如此惊心动魄的搏击！

多水的江南是易碎的玻璃，在那儿，打不得这样的腰鼓。

除了黄土高原，哪里再有这么厚这么厚的土层啊！

好一个黄土高原！好一个安塞腰鼓！

每一个舞姿都充满了力量。每一个舞姿都呼呼作响。每一个舞姿都是光和影的匆匆变幻。每一个舞姿都使人颤栗在浓烈的艺术享受中，使人叹为观止。

好一个痛快了河山、蓬勃了想象力的安塞腰鼓！

愈捶愈烈！形成了沉重而又纷飞的思绪！

愈捶愈烈！思绪中不存任何隐秘！

愈捶愈烈！痛苦和欢乐，生活和梦幻，摆脱和追求，都在这舞姿和鼓点中交织！旋转！凝聚！奔突！辐射！翻飞！升华！人，成了茫茫一片；声，成了茫茫一片……

当它戛然而止的时候，世界出奇地寂静，以致使人感到对她十分陌生了。

简直像来到另一个星球。

耳畔是一声渺远的鸡啼。

蒙 思

　　想来，钢琴已陪伴我三十余载，生命中所有的空间都被乐符、节奏、韵律、乐感、稳定性、张力叠加。岁月长河中，是钢琴让我明白了艺术的奥秘，也是钢琴引领我追寻人生的真谛和生命的意义。迷途的怅惘也好，失败的苦痛也罢，当我把繁复的情感、爱恋和渴望全部倾注于钢琴时，刹那间，万千思绪终幻化于无形。"寄蜉蝣于天地，渺沧海之一粟。"于是，在这浩渺的天地间，便只留我一人。黑白分明的琴键、韵律和节奏，在音乐瑰丽的时空里，使人心生静气，淡看人生。

　　当读到刘成章写的《安塞腰鼓》时，一时为这些传统民间表演艺术家所诠释的"音乐之魂"折服。"虚竹幽兰生静气，和风朗月喻天怀"，天人合一的音乐之境在广阔的黄土高原上得以延展。文章中描摹的恢宏的场景，"后生们的胳膊，腿，全身，有力地搏击着，疾速地搏击着，大起大落地搏击着。它震撼着你，烧灼着你，威逼着你。它使你从来没有如此鲜明地感受到生命的存在、活跃和强盛。"黄土高原后生身体的力与美，广袤的黄土地上回响着的腰鼓声，瞬息间，生命的热情和坚韧透过文字，呈现出一种浑然天成的大美。黄土高原奠定了中华文明的深度和厚度，无论是古史传说、文献记载、考古发现，还是人文学者的考证，抑或是科学家的研究，均充分表明：跨我国七个省区的黄土高原，是中华文明形成、发展、成熟的瑰丽的舞台。古老文明的大幕由此拉开，周、秦、汉、唐更是将文明大戏推向高潮。这片多情而深沉的土地，养育着一方华夏儿女，不分贵贱，不论贫富，不计恩仇，祖祖辈辈，世世代代。因此，刘成章感慨道："黄土高原啊，你生养了这些元气淋漓的后生；也只有你，才能承受如此惊心动魄的搏击！"音乐魂和民族魂的完美交融，安塞腰鼓振奋人心的击打和这百十位后生强健的体魄，勾勒出饱满的生命激情与坚韧，是中华民族生生不息、顽强拼搏的最强音。

安塞腰鼓，美哉！美在火热的舞蹈场面，百十个斜背响鼓的后生，狂舞，忘我，用手中的鼓槌全力击打着鼓面，使其爆发出无比强大的力量；烈日下，鼓声与天地共鸣，鼓槌与后生逐舞；流苏飞舞，瞳仁闪烁，风姿强健。美在鼓声的激情，那"隆隆，隆隆"的声音，令人震惊，扣人心弦，久久回荡在这片朴质的黄土高坡上；静谧浩渺的时空瞬间被点燃、沸腾，冰冷的空气变得燥热起来，阳光变得温暖起来，世间万物都被这激昂的声音所叩醒；人们的心，也被震颤，发出"砰砰，砰砰"的声音，光影交替，惊心动魄，令人叹为观止。

安塞腰鼓，乐哉！乐在那群茂腾腾的后生。那些看似平凡、普通的后生们，使你惊异于那些可以释放出奇伟磅礴的能量的"被农民衣着包裹着的"躯体；你看那些后生，拿着鼓槌没命地、忘情地敲打着牛皮鼓面，好像要将那牛皮打破。他们是那样地投入，沉浸于这片黄土地中，以至于忘记自己身处何地，他们把所有的痛苦、快乐、现实、梦想，都融入了鼓声中。

这种直接、犀利、朴质、坚毅、野性的生命激情，完美演绎了这天人合一的音乐之境。钢琴也好，安塞腰鼓也好，当演绎者沉浸其中，用至真、至善、至美的情感并借由乐器的躯壳去碰撞受众的心灵时,这当是艺术的极致了。美国学者纳尔逊·古德曼的理论主张不在于关注什么是艺术,而是关注一件人造物何时才被称为艺术。古德曼认为在形式上,艺术与普通人造物没有区别,艺术之所以成为艺术是因为"艺术是范例"。一件艺术品之所以成为艺术,不是由于它拥有怎样的特殊性质,而是在于它如何拥有这项特殊性质。他从实用主义的角度出发认为:"一件物体,在特定的时间发挥艺术的功能,那时它便拥有了艺术的地位,便成为了艺术。"安塞腰鼓的魅力也正基于此,安塞腰鼓孕育于黄土高原,民间艺术扎根于一群质朴、坚毅、自由的后生心中。后生和腰鼓两者达成了某种生命的联结,此时的腰鼓似乎不再是一般意义上的乐器了,而是作为人类生命能量的一个载体、一种象征,而人也已不再是一般概念上的"人"了,而是人类生命力量的载体。这种生命激情的宣泄与喷薄充分诠释了人之所以为人,生命之所以为生命以及何为艺术的真谛。

艺术除了带给人精神的洗礼与愉悦外,也应当带给人精神的自由。这种自由可以是对时间和空间的超越,可以是充分认识自我后的豁达,也可以是对自然、对生命、对宇宙的敬畏。就好像那片黄土地,我几次幻想,黄色的尘土随风肆意呼啸,而我就站在这群矫健、活力、质朴的山民中间,观看眼前出现的这不可思议的奇观,耳边传来"隆隆,隆隆"的鼓声,大鼓在响,小鼓在响,而指挥这支创造奇迹的队伍的老人已不再是先前的蔫奄汉,而是一个冲锋在前、与天争辉的歌者,鼓面震颤,回声嘹亮……黄天在上,后土在下,人在其中;而这位歌者正代表着人类的立地顶天!这奇观超越了时间、超越了空间，无数次触发脑海里的万千思绪：究竟什么是人类的精神和气质？什么是生命的意义？什么是艺术的真谛？每当这些问题缠绕于耳畔时，便会不自觉想起那幅"立地顶天"的奇景。

　　自由也可以是充分认识自我后的豁达，电影《无问西东》里面，梅贻琦校长曾说过这么一句话："人把自己置身于忙碌当中，有一种麻木的踏实，但是忽略了真实。你要知道，你的青春也不过这些日子。"那究竟什么是真实？他说："你看到什么，听到什么，做什么，和谁在一起，有一种从心灵深处满溢出来的，不懊悔也不羞耻的平和的喜悦。"留在我手里的究竟还有多少青春时光？近几年，时光从指缝间匆匆而逝，在工作和家庭间不断转换着角色，那种从内心深处满溢出来的真实、平和以及喜悦，似乎距离我已十分邈远。但钢琴始终陪伴着我，我对音乐和艺术的欢喜也一直都在，只是总觉得岁月从我的身边拿走了些什么，又带来了些什么，使那黑白琴键演绎的清脆乐响随着岁月的滋养愈发嘹亮。我想，无论是哪一种乐器，哪一类乐音，都必将超越这时间和空间的束缚，启发人们对宇宙自然的敬畏以及对生命的思索。我想，我也必忘不了广袤黄土高原上那"立地顶天"的奇迹！

诗　说

　　《山海经》："东海中有流波山，入海七千里。其上有兽，状如牛，苍身而无角，一足，出入水则必风雨。其光如日月，其声如雷，其名曰夔。黄帝得之，以其皮为鼓，橛以雷兽之骨，声闻五百里，以威天下。"

安塞腰鼓是陕西省传统民俗舞蹈，距今约有2000年的历史。追根溯源，还得从"鼓"说起。据《山海经》记载，"鼓"最早是在黄帝与蚩尤大战期间使用过的。黄帝是中华民族的先祖之一，号轩辕氏。蚩尤是上古时代九黎氏族部落联盟的首领，也有传说他是炎帝的后代。蚩尤生性残暴，武艺高强，想篡夺黄帝的权力，占领中原地带，便与黄帝在北方逐鹿展开了一场惊天动地的大战。据说，战争一开始，蚩尤的军队十分强悍，连连击退了黄帝的军队。正当战争处于焦灼之际，黄帝发现东海的流坡山上有一只形状类似牛的野兽（夔）。每当它从海中出入时总张着口叫，声音撼动天地，像是打雷。而正好蚩尤的军队害怕听到"咚咚咚""轰轰轰"的雷声。于是黄帝将夔剥皮，并将皮放置在一个木制的圆形框架上，起名为"鼓"。战争后期，黄帝的军队军威大振，利用鼓声吓退了蚩尤大军，终于取得了战争的胜利。《黄帝内传》载："黄帝伐蚩尤，玄女为帝制夔牛鼓八十面，一震五百里，连震三千八百里。"

此后，战鼓一直被人们沿用至今。"击鼓助战"更是预示着战争的开始和正兴。另外，古代军旅也会利用鼓声传递情报，起到类似狼烟的作用。随着时代的变迁和发展，鼓声的功用从实用功能中逐渐抽离出来，审美功能逐渐占据主导地位。每逢佳节喜事，街道上便张灯结彩、锣鼓喧天，隆隆鼓声更是传递着人们心中的喜悦和兴奋。而陕北的安塞腰鼓不仅仅是陕西省的传统民俗舞蹈，更被列入我国第一批国家级非物质文化遗产名录。人们用"安塞腰鼓"表达对胜利的欢呼和丰收的喜悦,用"安塞腰鼓"表征民族坚毅不屈、顽强拼搏、积极进取的生命活力,更是用"安塞腰鼓"表达对自然的敬畏、生命的感悟以及人生的思索。

刘成章,1937年出生,当代诗人,教育家。他写的这首《安塞腰鼓》深入人心,带有一股强劲的黄土高原气息的粗犷的散文风格。透过其笔墨,读者似乎能在脑海里勾勒出黄土高原那辽阔苍茫的天地,感受到那群辛勤劳作、朴质坚韧的陕北民众。一方水土养一方人,陕北浩渺、粗犷、恢宏的气质深深熔铸于刘成章的诗词散文中,影响着一代又一代中华儿女。《安塞腰鼓》以其"大气象""大境界",将黄土高原的风貌和神韵刻画得淋漓尽致。

乐 说

胡小鸥是一位出生于成都的70后,毕业于四川音乐学院,后赴美国学习作曲,是西部省区第一个在美国把作曲读到博士的人。曾荣获莫顿·古尔德世界青年作曲家奖、达维多夫斯基音乐节作曲奖、乔治·埃奈斯库国际音乐节唯一作曲大奖(近50年以来中国音乐家在该赛事中荣获的最高奖项)等,曾为美国密苏里州堪萨斯大学作曲系博士研究生院助教。2014年,成为第一位被意大利卡萨玛吉奥国际音乐节邀请的驻音乐节华人作曲家,被当代作曲大师、配乐大师菲利普·格拉斯誉为"具有新音乐语言的作曲家"。

胡小鸥在接受采访时,对自己的音乐创作有过这样一段论述:"创作,尤其音乐创作,我无法去写我不知道、不了解的东西,我不会刻意加中国元素。这好比我的口音,我的口味。走到哪里,一听,'你四川的?'一走到哪个馆子吃饭,'有莫得辣椒?'这和创作一样,割舍不开。国际上对'中国文化'的了解在80年代已上了一个台阶。最高级的中国音乐是没有明显的五声调式,但你能感觉到这是一个中国作曲家的作品。这是一种提炼,一种精神和文化上的提炼。"

作为备受瞩目的著名青年作曲家,胡小鸥担纲了《平凡的世界》的作曲和音乐总监。他用音乐讲述了创作背后的诗意故事,借用《平凡的世界》里润叶写给少安的情书中的话:"我愿意和你一辈子好,咱们慢慢说这件事。"

"龙王救万民哟,清风细雨哟救万民。天旱了着火了,地下的青苗晒干了。"剧中一首首扣人心扉的悲伤音乐,如《大地》《土地的歌声》《苦难的家》等,让不少观众插上了记忆的翅膀,翱翔在广袤的大地上。

第四期

［瑞士］卡尔·施皮特勒《含笑的玫瑰》 马君玉译
［奥地利］弗朗茨·舒伯特《小夜曲》作品957之4

含笑的玫瑰

[瑞士] 卡尔·施皮特勒

马君玉译

一位公爵的女儿,
嗑着果仁,
在清清小溪边漫步。

一朵小玫瑰,
艳红零落白绦丝丝,
扑在林地凋萎干枯。
她虽不堪硬土的欺凌,
可嘴边依然笑意流露。

"告诉我,小玫瑰,
你的生命力从哪来,
凋零中,
还那样笑口常开?"

几经挣扎,
玫瑰把头抬;
气吁吁,
轻声诉说:
"我闯过天堂曲径,
受泽于仙境草地;
天国的花香,
在我身旁轻吹。
纵然今朝红消香断,
我也要含笑魂归!"

蒙 思

  2011年的春天，我参加了上海大学中国现当代文学专业的博士入学考试。我不记得为了准备考试付出了多少个日日夜夜，也不记得为了准备考试读了多少本书，我唯一印象深刻的场景是面试的时候。那是一个晴朗的初春早上，我们几个等待面试的学生，羞怯地坐在椅子上，等待着，等待着。我内心揣测着老师会问我什么问题，有些出神。我一直在想，我为什么要读文学专业的博士，文学对我来讲到底意味着什么？

  巧的是，面试的时候，导师问了我同样的问题。我有些手足无措，我不知道我的回答能否令他满意，我有限的生命经验，还无从把握这深刻的问题。这一问题会不会伴随着我整个读书生涯。随后的日子，平淡了许多，我能够记起来的点点滴滴，都与读书讨论有关，是师生之间的质疑与辩论，是同学之间的努力与坚持。我开始体味文学对我意味着什么，它将与我未来的生活息息相关，它会成为我生命中的重要体验，也将塑造我生命中的重要时刻。

  前后算起来，我与文学专业的结识，时间并不长。我不知道我从文学中学到了什么，也不知道文学到底教会了我什么。学院式的专业学习和文学天赋、文学兴趣关系并不大，我经常觉得，学院式的专业写作，会限制文学的想象力，也会扼杀文学的创造性。我反复思考如何在抓好专业性学习的同时处理好与文学写作的关系。学术意味着对文学写作的过度规训。坚持文学写作，或者说保持写一写散文、诗歌，借鉴这样一种写作方式，保持对社会现实和生活的一点鲜活的敏感性，对学术专业来说是一件好事。

这并不是说我排斥学院式的生活，排斥学术训练。相反，学术写作极其重要。博尔赫斯在《你不是别人》中写道："你的肉体只是时光，不停流逝的时光，你不过是每一个孤独的瞬息。"这句话从文学作品的层面上来讲，充满了诗意。但从文学研究的角度，这句话，起码对我来讲，它蕴涵着更深层次的思想经验和艺术体验，极具审美意蕴。其实，文学写作与文学评论，文学阅读与文学论文是文学研究的一体两面，彼此紧密相连，缺一不可。并且，在具体的写作过程中，两者实际上很难截然分开。如果没有文学批评的支持，我们就不能对文学作品进行深入的理解与分析，无法确定文学作品的好与坏，真与善。在文学研究貌似客观冷静的背后，往往有着热烈的诗意；而热烈诗意的背后，是文学研究客观冷静的理性分析。我们很难区分"研究"与"创作"的差异，这种差异不是学术等级上的，而是对文学的领悟，对文学特征的分析。

和人打交道，很自然会亲近说话风趣、有幽默感的人。同样的道理，我们喜欢文学，喜欢阅读，喜欢创作，写出有味道的文章，也是出于一种亲近与喜欢，好文章自然能折射出一个人的性情。文学创作有如一场展览，是人生与历史不期而遇的在场，我们关注的不仅仅是好看的外表，也应当寻找到我们想要达成的"关怀"。

"关怀"展现出来的精神状态，是一种人之常情，是对生命本质的一种观照。而这种观照想必是与人性中善良的一部分紧密相连的，给人的感觉就是两个字：情趣。被称为"性灵派"代表人物的袁宏道,在《山居斗鸡记》中就写了两只鸡相搏:"余正在烦恼间,有童子从东来,停足凝眸。既而抱不平,乃手搏巨鸡,容美鸡恣意数啅,复大挥巨鸡几掌。巨鸡失势遁去,美鸡乘势蹑其后,直抵其家。须臾,巨鸡复还追美鸡至斗所,童子仍前如是,如是再四。适两书生过,见童子谆谆用意为此,乃笑曰:'我未见人而乃与畜类相搏以为事也。'童子曰:'较之读书带乌纱与豪家横族共搏小民,不犹愈耶?'两书生愧去。"

本来袁宏道只是以一个旁观者的心态观看着两只土鸡斗架,并不想干预什么。但是很快,一小儿见大鸡欺负小的,心生不平,愤而出头,帮着小鸡斗大鸡,情势发生了很大变化。此时,有两个书生路过,笑他多管闲事:"我从未见过有人会帮着动物打架。"反被这个孩子一顿嘲骂:"这跟读书做官的人帮有权势的人为虎作伥一起欺负老百姓相比,我这样不是好很多吗?"两个书生听闻,羞愧地走开了。袁宏道在一旁偶遇了乡野中这场斗鸡风波,有感于儿童的一片善心,逢人便说。在袁宏道看来,小孩子并不天真,但不失童趣,年纪虽小,却懂得世道人情,以自己的方式关怀、同情、体悟着比他还弱小的生命。这要比那些自以为是、上了年纪、有学问有官阶的人有趣得多,也更懂得生命的本意。

袁宏道的文章是含有警示意义的,通过作文,说趣,讲故事,建构一种有情趣的人生态度。由此看来,文学创作并不是无中生有,而是在不断地生产着意义,并通过某种形式传达出来。

但更多的时候,我们所熟知的、伟大的、经典的文学作品,并不是很容易就能理解它所创造出来的意义。经典文学作品,它书写与建构的过程要更为复杂,可以说是各种势力造就的结果。经典文学作品的生产,一个经典序列的产生,是历史场域造就的结果,也是文化领导权争夺的结果。想要透过文本话语的遮蔽,抵达文字背后的本真力量,那文学批评与文化研究就显得极为重要。每一代人都有每一代人独特的历史经历,不同的时代感受,对于经典作品的批评与阐释也就经历着不断被修正、不断去蔽的过程。文学批评与文学研究的过程就是不断认识、不断寻找真理的过程。从某种意义上来讲,文学批评是对自我生命过程的审视,是在不断地辨析与澄明人生的意义,是在追问与叩访,理解与言说历史中的人心。

人的记忆是不可靠的,文学却可以在某种程度上弥补这一不可靠。文学不但记录着过去的历史,同样还会给予我们想象未来的空间。未来的生活是什么样子?在与现实各种元素的作用和博弈过程中,我们或许可以通过文学文化创作传达、想象一种未来的充满善意的生活世界。

文学的力量也许就在于此吧。

诗　说

卡尔·斯皮特勒(Carl Spitteler, 1845—1924)出生在瑞士伯尔尼一个高级官僚家庭。

对于他获得诺贝尔文学奖这件事他并不愿意多谈。他并不是一个愿意滔滔不绝讲话的人。这可能与他的职业有关,他先后当过牧师、教师、编辑、记者和专业作家。这些职业都需要巧妙地处理自己的语言。卡尔·斯皮特勒更多的时候喜欢聆听别人的谈话，而不是踊跃地参与到别人的谈话之中。他经常表现出与人之间的疏离，也许这样他才能更加理性地描述生活。一个作家的事业应该是什么样的？卡尔·斯皮特勒极为鲜明地呈现了某些职业作家的特点。

　　他特别热爱生命，他喜欢采集标本。每天清晨，午后，他都会在别墅旁边的湖边散步，观察一草一木的变化。在一棵树下，他会停留很长时间，他觉得一棵树就像他的人生。长达数百年的树也像人一样，有童年时期、青年时期，有成年时代。而且一棵树很有可能一辈子看起来跟自己一样，跟自己一样微不足道。但是，还是期待有朝一日和别人不一样，它不想平凡地无所作为。卡尔·斯皮特勒在杂草间发现了深黑色的植物，长着紧凑的叶子和又直又硬的根茎，他触摸了一下它。它似乎在用坚定的声音拒绝着他："请不要碰我，我可不像其他那些注定只有一年生命的杂草，我的生命是按世纪来计算的，我是一颗巨杉。"巨杉是不是意味着永恒呢？

　　在树木的旁边，有一株野菊花。它格外的秀丽，娇艳欲滴，它的各部分尽善尽美，它代表了柏拉图所说的美的原型。卡尔·斯皮特勒却觉得它和成千上万的同类一样，盛开了又凋谢，枯萎了又繁茂，不会有人来打量，那么它的意义何在？它的意义不在于引起别人的注意，它的盛开是为了自己，不是为了别人。它的盛开是因为它的愉悦、它的存在。这个中的喜悦乐趣，只有懂得生命意义的人，才知道渺小的伟大，生命的永恒。

　　当地球上还是千篇一律的岩石结构的时候，四下环顾，除了沙漠什么也瞧不见。当一片美丽的茂盛的绿洲出现时，我们不禁悲叹起来，这是多么不幸的孤独的绿洲，它甚至没有自己的同类，除了令人沮丧的、多沙的、无生命的沙漠，周围什么也没有。卡尔·斯皮特勒说，生命的意义就在于存在，沙漠的荒芜也应该得到赞美，没有沙漠也就不会有绿洲，沙漠也是获得绿洲的条件，生命的存在理应得到礼赞。

乐 说

弗朗茨·舒伯特（Franz Schubert，1797—1828），奥地利作曲家。舒伯特是早期浪漫主义音乐的代表人物，也被认为是古典主义音乐的最后一位巨匠。他的思路敏捷，有人形容他的歌曲是"流出来"的。曾有这么一件事：一天，舒伯特与朋友到维也纳郊外散步，走进一家小酒馆，见到桌上有一本莎士比亚的诗集，便拿起来朗读。忽然他问道："很好的旋律出来了，没有五线纸怎么办？"朋友们立即将桌上的菜单翻过来画了五条线递给他。这时舒伯特仿佛听不到周围的喧闹，一口气写成了一首歌曲，这便是著名的《听！听！云雀》。这里可以引用舒曼对其《C大调交响曲》的评论："这种音乐把我们引入一种境地，使我们忘却了以前曾有过的东西。"

舒伯特最广为流传的是他的600多首歌曲。这些歌曲都是从诗的内心情感中直接产生出来的，没有人能胜过他那洋溢的才华和清新的情感。舒伯特的600多首歌曲中，歌词选自歌德的诗有67首、席勒的诗41首。并且所选择的诗歌内容广泛，有热爱大自然的《致春天》，有赞美艺术和爱情的《致音乐》，有表达内心苦闷、悲凄孤独情景的《幻影》，还有虔诚地祈祷上苍的《圣母颂》。

舒伯特用最小巧的歌曲形式抒发出最深沉的情感体验，歌曲旋律永远散发着亲切、单纯、敏感的气息，容易激动又稍带些忧郁感伤的色调，和声具有激情或细腻的表现力，不同调的音或和弦彼此混用，突出诗句情绪的骤然变化。钢琴伴奏的织体，在他的歌曲里起到非比寻常的作用，它不仅烘托情景和气氛，而且与声乐部融合成一个完美的整体。

这首《小夜曲》是作曲家最为著名的艺术歌曲之一，此曲采用德国诗人莱尔斯塔勃的诗篇谱写而成。维也纳的音乐出版家哈斯林格在舒伯特逝世后不久发现了他未曾问世的作品，认为他去世前半年所写的14首歌当属动人的绝笔，于是将它们汇编成集。由于当时的民间传说认为，天鹅将死的时候会唱出最动人的歌，所以作品以"天鹅之歌"命名出版，其中的第四首就是这首《小夜曲》（以下为邓映易译本）。

我的歌声穿过深夜
向你轻轻飞去
在这幽静的小树林里
爱人我等待你
皎洁月光照耀大地
树梢在耳语
树梢在耳语
没有人来打扰我们
亲爱的别顾虑

亲爱的别顾虑

你可听见夜莺歌唱
它在向你恳请
它要用那甜蜜歌声
诉说我的爱情
它能懂得我的期望
爱的苦衷
爱的苦衷
用那银铃般的声音
感动温柔的心
感动温柔的心

歌声也会使你感动
来吧　亲爱的
愿你倾听我的歌声
带来幸福爱情
带来幸福爱情
幸福爱情

# 第五期

［美］沃尔特·惠特曼《我自己的歌》(节选) 陈冲译
［英］罗伯特·普莱兹曼《我灵镇静》

我自己的歌(节选)

[美]沃尔特·惠特曼

陈冲 译

你听说过获得胜利很棒吧?
我说失败也很棒,败仗和胜仗是以同一种精神打下来的。
为死者我击响胜利的战鼓,
为他们我的号角吹出最嘹亮最欢乐的乐曲。
永生,那些失败的人们,
那些战船沉海的人们,葬身海底的人们!
那些战败的将军,倒下的英雄们,
那无数个无名小卒们,
你们将跟最伟大的英雄一同永生!

蒙 思

塞缪尔·亨廷顿在1991年出版了《第三波——20世纪后期民主化浪潮》后，重新引起人们对民主问题的思考。而与之相反的现实境遇是后发民主国家在经历转型的过程中遭遇严重困难，甚至是民主体制的失败。学界对这一问题的系统性研究与讨论并不充分，甚至是稀缺。这不代表现实政治生活对民主的冷漠，相反，民主始终是一个曲折但十分励志的故事。

在沃尔特·惠特曼的人生信条中，民主重来都是不可或缺的时代底色。在《草叶集》中，诗人用热情饱满的语言赞美为美国人民争取正义事业前仆后继的先驱们。这一急促的时代号角号召着一切热爱平等自由的人成为战士，为结束奴隶制度而斗争。

在《法兰西之星》（以下为汪宁译本）一诗歌中诗人写道："哦，法兰西之星啊，/你的希冀，力量和荣誉的光辉，/好似一艘长期率领着舰队的引为骄傲的船，/今天却沦为被大风追逐的难艇，一个无桅的躯体，/在它那拥挤、疯狂和临近溺死的人群中，没有舵也没有舵师。//被袭击的阴沉的星啊，/不是法兰西惟独的星辰，也是我心灵魂及其最宝贵的希望的象征，/为自由而战和象征无畏的义愤，/对遥远志向的向往的，仁人志士对兄弟情谊的梦想的象征，/暴君和僧侣的恐怖的象征啊！"

在诗人所身处的美国，民主政体已经建立，而这种政治正是继承了法国启蒙运动与大革命的历史传统。法兰西星辰成为民主革命的象征，法兰西之船在经历惊涛骇浪的洗礼之后，引导追求奴隶解放与民主的美国人民实现胜利。

与惠特曼所处的坚信美国民主制度必将胜利的民主运动高潮时代不同的是，民主实践失败的案例更为普遍。但是对此现象进行的研究却并不充分，也难有令人信服的代表性作品，可能与政治理论家对民主政体过于自信有关。美国政治学者林茨教授最早在1978年出版的《民主政体的溃败》一书中进行了案例研究，但并没有给出民主失败的一般性研究结论。民主实践失败最有代表性的国家是非洲的尼日利亚。

这个国家在1960年建立了尼日利亚第一共和国，但只维持了六年。在此书中，作者认为该国民主失败的主要原因是较高程度的选民分化、族群分裂与地区主义安排。当时的尼日利亚，主要的三个族群彼此敌对，政府难以进行有效的国家建设与民族整合。不同族群之间的政治冲突导致民主政体的崩溃和长期内战，尽管该国改革了高度分权的政治安排，但是仍然存在高度的族群、宗教与政治的分裂，尼日利亚的民主道路仍然漫长。

显然西方的民主道路和民主制度并不适合于每一国家与每一族群。这方面倒是可以从中国的民主发展道路中吸取一些经验。回顾中国近百年的历史，在追求政治民主的过程中，也曾经遭遇过挫折。晚清帝制曾经被中华民国成功取代，但民主共和很快被军阀势力和帝国主义侵略所击溃。此后的历次政治建构与发展都与中国对民主政治的追求和完善息息相关。党的十九大报告中提出继续健全"人民当家做主制度体系，发展社会主义民主政治"，开创中国特色社会主义政治发展道路。这是"近代以来中国人民长期奋斗历史逻辑、理论逻辑、实践逻辑的必然结果,也是坚持党的本质属性、践行党的根本宗旨的必然要求"。也就是说,我国在发展民主政治的过程中,充分考虑到特定的社会政治条件和历史文化传统,认识到不同民主政治发展道路的差异性,不能生搬硬套国外的政治发展制度,"要长期坚持、不断发展我国社会主义民主政治,积极稳妥推进政治体制改革,推进社会主义民主政治制度化、规范化、程序化,保证人民依法通过各种途径和形式管理国家事务,管理经济文化事业,管理社会事务,巩固和发展生动活泼、安定团结的政治局面"。可见,通过几十年的民主政治建设,我国在强化中央政府权力、协商民主广泛多层制度化发展等方面,创造了一系列具有中国特色的制度安排,形成了完整的制度程序和参与实践,保证了人民在日常政治生活中的广泛持续深入参与的权利。

同样饱受争议的词语是"自由主义"。在中国近代的思想流变中,自由主义与众多知识分子的精神是同构的。随着资本主义席卷中国大地,自由成为市场经济的代名词,有人开始鼓吹自由主义。但也有人持不同意见:自由主义不但意味着经济上的自由市场,共有财产私有化,与此相伴生的是私有化后的急剧不平等,社会分配的不公正。自由主义结出恶之花,文化相对主义取代文化多元化,价值虚无主义取代价值单一化。甚至直接影响政治领域,所谓的自由民主政治和宪政法治将取代人民民主专政。只有中国特色的发展道路才适合中国国情,其他西方霸权式的政治进路应该被全盘抛弃。这些对自由主义的批评,既有合理的部分,也不乏充满臆想的内容。

回溯历史，从法国大革命开始发轫的自由民主思想，人类从无到有开始探索自由和民主政治。而这套逐步拓展的政治理论无论多么复杂，都必然预设了对人与社会关系的基本看法。启蒙主义的自由主义的出发点是每个人都有追求和实现自由的权利，这个权利不是来自君权神授，而是天赋人权，人人生而平等。自由人处在社会中，并不意味着为所欲为，损人利己，而是拥有平等的道德地位，并有能力与意愿进行公平的社会协作。

个人主义将个人权利置于最高位置，主张个人权利优先，最有代表性的就是洛克的《契约论》。洛克在《契约论》中强调国家存在的理由就是要保障个人利益，个人优先于国家，理想的政治秩序应该能保障和发展人的根本利益。

但这并不表示自由主义对个人权利的尊重是由于自利主义，自由主义看不到社群生活的重要性。毕竟每个人都是打出生起，就生活在国家之中，就生活在社会之中。它的出发点仍旧是卢梭在《社会契约论》中所讲到的："人生而自由，但无往不在枷锁之中。"所以坚持人人平等，建立公正的保障体系就极为重要了。

诗　说

读惠特曼的诗歌，是一趟美妙的精神之旅。特别是在一个个寂静的夜晚，独自一个人慢慢品读，静静地走进惠特曼的世界，你会发现诗人独特的精神世界。

每一位诗人都是瑰丽的珍宝。惠特曼出生于一个普通的移民家庭，只上了六年学就被迫离开学校开始印刷厂的学徒生涯。之后的几年，他辗转于不同的工厂做工。直到1835年，他移居纽约长岛，在一所乡村学校任教。之后他又办了一份叫《长岛人》的地方性报纸，并担任记者，同时也给一些主流杂志做撰稿人，但一直没有一份稳定的工作。在美国南方城市新奥尔良，他目睹了大量残酷的奴隶贸易，激发了诗人寻求解放黑人奴隶，废除奴隶制度，寻求民主精神的立场和态度。出身底层的惠特曼特别关注下层劳工的生存与命运。诗人之所以把诗集的名称叫做"草叶集"，正是源于其对普通平凡事物和人的命运的关注，他把心灵之门敞开，迎接着就像小草般的事物的到来。他在《我自己的歌》中写道（以下选自楚图南译本）："一个孩子说：草是什么呢？他两手满满地摘了一把送给我，/我如何回答这个孩子呢，我知道的并不比他多。//我猜想它必是我的意向的旗帜，由代表希望的碧绿色的物质所织成。//或者我猜想它是神的手巾，/一种故意抛下的芳香的赠礼和纪念品，/在某一角落上或者还记着所有者的名字，所以我们可以看见/并且认识，并且说是谁的呢？//或者我猜想这草自身便是一个孩子，是植物所产生的婴孩/或者我猜想它是一种统一的象形文字，/它的意思乃是，在宽广的地方和狭窄的地方都一样发芽，/在黑人和白人中都一样地生长，/开纳克人、塔卡河人、国会议员、贫苦人民，我给予他们的完全一样，我也完全一样地对待他们。"

诗人在诗中洋洋洒洒地表达了他对普通劳动人民的尊敬，普通劳动人民正是美国民主精神的象征，这些普通人正为自由而战，为进步的民主事业而歌唱。

与《我自己的歌》这首1 336行的长诗相比，惠特曼的诗歌大多短小精炼，接近口语，没有韵律，也没有规则的重音与节奏；有时如同急速汹涌的大河，奔放不羁，突然受到山谷的阻挡，激情迸发，粗犷爆裂；有时又彻底安静，从头静到底，就像换了一个人一样。惠特曼从不精心雕琢诗歌的语言，在他看来，诗歌就是对日常生活的描绘，一切都是崭新的，一切都在创造之中，应当摒弃一切传统的诗歌形式，摒弃一切矫揉造作。

乐　说

天使之翼合唱团是由一群男童高音（Boy Soprano）的孩子们所参与的少年合唱团。该团于1999年以Libera为名正式启程，被认为是继承更早的一支童声团体：圣菲利浦童声合唱团（St. Philip's Boys Choir）。因此他们承袭了童声固有的纯朴、干净和透亮的特点外，更融合了教堂唱诗班歌赞上帝的咏叹，神秘和静谧气息令人回味。

英国皇家音乐学院（Royal Academy of Music）毕业的罗伯特·普莱兹曼（Robert Prizeman）主导和运作合唱团后，有意让合唱团更趋向现代流行品位，在创作和编曲过程加添了新世纪元素，使得合唱团在整体上富有缥缈和悠远之感。

Libera在拉丁语里代表"自由"之意。他们的声音融合了传统教会音乐与新世纪音乐，创作出了全新的类型。在拉丁语里，这个词不仅蕴含心灵气氛，同时还拥有能将歌曲意义传达给众人的力量。

这个由一群男童高音组成的少年合唱团,被赞誉为"上帝赐予的盛礼",他们依靠清晰谐和的声部、搭配着温文儒雅的音乐而享誉全球,在这惶惶不安、无所依托的社会里,无疑似一股清流,让人以美妙的歌声洗净尘忧,沉浸于曼妙的天堂之音。

《我灵镇静》(Be still my soul)是作曲家根据西贝柳斯的《芬兰颂》(Finlandia)为曲调而改编的,歌词如下:

Be still my soul the Lord is on thy side
Bear patiently the cross of grief or pain
Leave to thy God to order and provide
In every change He faithful will remain
Be still my soul thy best thy heavenly Friend
Through thorny ways leads to a joyful end

Be still my soul when dearest friends depart
And all is darkened in the vale of tears
Then shalt thou better know His love His heart
Who comes to soothe thy sorrows and thy fears
Be still my soul the waves and winds shall know
His voice who ruled them while He dwelt below

Be still my soul thy hour is hastening on
When we shall be forever with the Lord
When disappointment grief and fear are gone

Sorrow forgot love's purest joys restored

Be still my soul when change and tears are past
All safe and blessed we shall meet at last

第二季

革命之路,艰难辉煌

第一期

艾　青《雪落在中国的土地上》
[俄]彼得·伊里奇·柴可夫斯基　钢琴套曲《四季》作品37b之《六月——船歌》

雪落在中国的土地上

艾 青

雪落在中国的土地上,
寒冷在封锁着中国呀……

风,
像一个太悲哀了的老妇。
紧紧地跟随着
伸出寒冷的指爪
拉扯着行人的衣襟,
用着像土地一样古老的话
一刻也不停地絮聒着……

那从林间出现的,
赶着马车的
你中国的农夫
戴着皮帽

冒着大雪
你要到哪儿去呢?

告诉你
我也是农人的后裔——
由于你们的
刻满了痛苦的皱纹的脸
我能如此深深地
知道了
生活在草原上的人们的
岁月的艰辛。

而我
也并不比你们快乐啊
——躺在时间的河流上
苦难的浪涛
曾经几次把我吞没而又卷起——
流浪与监禁
已失去了我的青春的
最可贵的日子
我的生命
也像你们的生命
一样的憔悴呀

雪落在中国的土地上,

寒冷在封锁着中国呀……

沿着雪夜的河流,
一盏小油灯在徐缓地移行,
那破烂的乌篷船里,
映着灯光,垂着头,
坐着的是谁呀?

——啊,你
蓬发垢面的少妇,
是不是
你的家
——那幸福与温暖的巢穴——
已被暴戾的敌人
烧毁了么?
是不是
也像这样的夜间,
失去了男人的保护,
在死亡的恐怖里
你已经受尽敌人刺刀的戏弄?

咳,就在如此寒冷的今夜,
无数的
我们的年老的母亲,
都蜷伏在不是自己的家里,

就像异邦人
不知明天的车轮
要滚上怎样的路程……
——而且
中国的路
是如此的崎岖
是如此的泥泞呀。

雪落在中国的土地上,
寒冷在封锁着中国呀……

透过雪夜的草原
那些被烽火所啮啃着的地域,
无数的,土地的垦殖者
失去了他们所饲养的家畜
失去了他们肥沃的田地
拥挤在
生活的绝望的污巷里:
饥馑的大地
朝向阴暗的天
伸出乞援的
颤抖着的两臂。

中国的苦痛与灾难,
像这雪夜一样广阔而又漫长呀!

雪落在中国的土地上,
寒冷在封锁着中国呀……

中国
我的在没有灯光的晚上
所写的无力的诗句
能给你些许的温暖么?

1937年12月28日夜间

蒙 思

"雪落在中国的土地上,寒冷在封锁着中国呀……"

1937年,日本全面侵华,正是民族存亡的危急关头,中国人民也在水深火热中熬煎。面临当时中国内忧外患的局面,国内许多文人学者心怀对祖国未来命运的担忧和对受苦受难民众的悲悯,发出救国救民的呐喊。"雪落在中国的土地上,寒冷在封锁着中国呀……",这两句诗正是诗人内心深处的一种最真实的感受,是一种强烈的呼喊。这首诗写于1937年12月28日夜间,大自然的更替和现实中寒冷的气候带给人的只能是感官上的触觉,而更重要的是诗人内心深处所感受到的"寒冷"的封锁。国内外局势的严峻,触碰到当时每一位国人恐惧和绝望的神经。艾青将自己的感情聚焦于北方的"中国的农夫"和"生活在草原上的人们的岁月的艰辛"中,倾注于南方"蓬发垢面的少妇"和"年老的母亲"的坎坷命运上,将满腔热情寄托于对中国农村和农民命运的关怀上。

"而我/也并不快乐啊/——躺在时间的河流上/苦难的浪涛/曾经几次把我吞没而又卷起——/流浪与监禁/已失去了我的青春的/最可贵的日子/我的生命/也像你们的生命/一样的憔悴呀"。诗人推己及人,将自己由叙述者的角度转化为参与者,进一步拉近了与广大人民的距离,同时将自己的悲悯和痛苦熔铸于字里行间。在诗歌的最后,诗人发出了最后的呐喊:"中国的路/是如此的崎岖/是如此的泥泞呀"。简单的三行诗,蕴含着诗人对历史和现实的深刻思考,为诗的意象和内涵增添了极大的重量，这重量是一种不能推卸的负担，宿命般地落在读者的心头上，引起读者内心深处的震颤。在落雪的寒冷的中国的土地上，诗人的创作道路尽管也是泥泞而曲折的，但他仍用温暖而真诚的声音，坚定的步伐，勇敢地发出战栗的呼吁。

中国的革命之路充满荆棘和坎坷，而我们只有回溯历史，铭记历史，以史为鉴，才能更好地活在当下。艾青的诗《雪落在中国的土地上》只是从一个很小的侧面反映出抗日战争时期广大民众的困苦生活。1929年郭化非所著的《中国革命之路》可以说是激活井冈山"红色基因"的典范。它在革命最困难的时候，让人民群众认识到了井冈山式武装斗争的道路选择的意义，认识到了革命实践的理论意义，从而激发起革命的原动力，坚定了取得革命胜利的信心。另外，还有金一南先生的历史著作《苦难辉煌》，革命之路苦难重重，但在革命斗争中所彰显的人民群众的智慧、勇敢、赤诚以及信仰的力量，实在令人动容。透过字里行间，《苦难辉煌》带我们走进了那样一段历史，真切地目睹了中国共产党人历经地狱之火，带领中华民族探测到前所未有的历史深度和时代宽度，最终完成了中国历史上最富史诗意义的壮举，中国革命也由此成为一只浴火重生的凤凰，从苦难走向辉煌。"以铜为镜，可以正衣冠；以史为镜，可以知兴替；以人为镜，可以明得失。"而今，物质生活优渥，我们更应该树立历史眼光，不忘初心，砥砺前行。《苦难辉煌》里有这么一句话，"给人以火星者，必怀火炬。"从历史维度纵向来看，革命先辈将革命精神的火炬传遍各个角落，星星之火，呈燎原之势；同时我想这革命的星火，也应代代相承；今天各高校学生也应当加强对红色经典读物的重温和学习,将革命星火精神传承下去。从横向来看,当代中国青年如何去充分发挥自身的价值,为时代进步贡献力量?鲁迅曾在《热风·随感录四十一》谈道:"愿中国青年都摆脱冷气,只是向上走,不必听自暴自弃者流的话。能做事的做事,能发声的发声,有一分热,发一分光,就令萤火一般,也可以在黑暗里发一点光,不必等候炬火。"我想这段话十分精妙地回答了当代青年立足点的问题。"此后如竟没有炬火:我便是唯一的光;倘若有了炬火,出了太阳,我们自然心悦诚服的消失,不但毫无不平,而且还要随喜赞美这炬火或太阳;因为他照了人类,连我都在内。"

"中华人民共和国中央人民政府今天成立了!"

1949年10月1日下午3时,开国大典在北京天安门广场隆重举行,毛主席在神圣的礼炮声中,庄严地向全世界宣告:"中华人民共和国中央人民政府今天成立了!"苦难终于过去,历经艰难困苦的中华民族终于迎来了独立与解放。1978年,改革开放的春风使神州大地焕发出新的生机与活力。40年过去了,我们党坚持以马克思列宁主义、毛泽东思想、邓小平理论、"三个代表"重要思想、科学发展观为指导,坚持解放思想、实事求是、与时俱进、求真务实,坚持辩证唯物主义和历史唯物主义,紧密结合新的时代条件和实践要求,以全球的视野深化对共产党执政规律、社会主义建设规律、人类社会发展规律的认识,进行艰辛的理论探索,并取得重大理论创新成果,形成了习近平新时代中国特色社会主义思想。

习近平总书记在党的十九大报告中指出:"我们既要实现全面建成小康社会、实现第一个百年奋斗目标,又要乘势而上开启全面建设社会主义现代化国家新征程,向第二个百年奋斗目标进军。"综合分析国际国内形势和我国目前的发展条件,习近平总书记最后在报告中指出从2020年到本世纪中叶分为两个阶段:第一个阶段是从2020年到2035年,在全面建成小康社会的基础上,再奋斗15年,基本实现社会主义现代化;第二个阶段是从2035年到本世纪中叶,在基本实现现代化的基础上,再奋斗15年,把我国建成富强民主文明和谐美丽的社会主义现代化强国。这个目标的制定除了结合具体中国国情,同时也巧妙地拉近了90后甚至00后这样一批青年群体与国家时代发展的距离,让广大青年同学能够切实感受到在未来20年、未来30年里,能看到中国的发展和取得的成就。把国家的发展和广大青年自身的发展结合在一起,更利于激励广大青年群体拼搏奋斗,励志笃行。一代人有一代人的使命,一代人有一代人的担当。新时代呼唤堪当大任的新青年,为祖国经济的发展献计出力,为民主政治贡献青春能量,为文化自信夯实基础,为和谐中国尽心竭力,为美丽中国砥砺前行。

"青年兴则国家兴,青年强则国家强。"

习近平总书记在党的十九大报告中提出:"广大青年要坚定理想信念,志存高远,脚踏实地,勇做时代的弄潮儿,在实现中国梦的生动实践中放飞青春梦想,在为人民利益的不懈奋斗中书写人生华章。"对当代青年成长提出明确要求,为新时代打造理想坚定的青年一代指明了方向。苦难成就辉煌,苦难成就人生,新时代中国的发展离不开青年群体的支持和奋斗。"青年兴则国家兴,青年强则国家强。"

诗 说

在中国近现代史上，爱国诗人很多，但有一位诗人以其柔软、热诚、真挚的内心，深深地打动了我。在他的诗词篇章里，没有华丽的辞藻，没有过多的修饰，全凭那满腔的热忱、充沛的情感，用最朴质细腻的语言去描摹这人世间的真善美，去刻画这人生百态与爱恨情仇。他就是——艾青。

艾青（1910—1996），文学家，诗人。1933年，他第一次用艾青的笔名发表长诗《大堰河——我的保姆》，感情诚挚，诗风清新，轰动诗坛。1937年，他发表《雪落在中国的土地上》，通过描写大雪纷扬下的农夫、少妇、母亲的形象，体现了中华民族的苦痛与灾难，饱含诗人强烈的忧患意识与悲愤之情。一句"雪落在中国的土地上，寒冷在封锁着中国呀……"感人至深，直抵人心。1938年，其创作的现代诗《我爱这土地》，以"鸟"喻"人"，借"鸟"嘶哑的喉咙、歌唱的内容、魂归大地的形象分别代之以人的情感、判断和形象。"为什么我的眼里常含泪水，因为我对这土地爱得深沉"一句至今仍被无数读者引用，借以表达对祖国无垠的爱与热忱。

他曾说过："最伟大的诗人，永远是他所生活的时代的最忠实的代言人；最高的艺术品，永远是产生它的时代的情感、风尚、趣味等等之最真实的记录。"如果说《大堰河——我的保姆》是一幅沙画，细腻兼具故事的延展性，能描摹和勾勒出诗人内心深处最柔软处；如果说《我爱这土地》是一幅水墨图，浓淡相宜，收放自如，既有"悲愤的河流"，也有"温柔的黎明"；那么《雪落在中国的土地上》便是一幅"璀璨鲜亮"的油彩，诗人对祖国的挚爱以及对侵略者的仇恨，透过这色彩，均一览无余。诗人对祖国山河的爱，爱得深沉，爱得炽烈，爱得义无反顾。诗人憎恶入侵者，他的恨借由着这强烈的爱意，愈加明晰。爱之愈深，对侵略者的无耻行径，恨之愈烈。这首诗从"小我"的真诚与深切出发，却蕴含着强烈的时代创痛，将那种难以排遣的民族苦难和生存苦闷刻画得淋漓尽致。最终，在实现"小我"的超越与升华中，发出时代的最强音。

乐 说

彼得·伊里奇·柴可夫斯基（Pyotr Ilyich Tchaikovsky, 1840—1893），19世纪伟大的作曲家、音乐教育家，被誉为伟大的"俄罗斯音乐大师"和"旋律大师"。他在交响曲、歌剧、芭蕾舞剧、协奏曲、音乐会序曲、室内乐以及声乐浪漫曲等方面都留下了大量名作。

柴可夫斯基生活的年代正处于沙皇专制制度腐朽没落的时期。他热爱祖国，关心俄国人民的命运，但他又看不到俄国社会的出路。他从生活中深深感受到俄国政治的黑暗与腐败，但他的政治态度却又是保守的王朝拥护者。这种无法克服的矛盾不断促使柴可夫斯基对祖国的前途、社会的出路、人生的意义进行深刻的思考，并把这种生活感受融化到他的创作中去。这可以说是柴可夫斯基创作上的基本思想倾向。

柴可夫斯基虽不直接选取现实的政治生活、社会冲突等作为自己创作的题材，但却通过自己对时代悲剧性的感受，深刻揭示了对光明理想的追求、对生活意义的理解。从创作基本面貌上看,柴可夫斯基的前期创作倾向于表现对光明欢乐的追求和信心,后期则更倾向于表现深入的悲剧性。

《四季》是柴可夫斯基的钢琴套曲,副题为"性格描绘十二幅"。全曲由12首附有标题的独立小曲组成。这些诗篇又与12个月的季节特点相关联,故乐曲以"四季"为名。其中第六首《船歌》和第十一首《在马车上》最为流行,第三首《云雀之歌》及第十二首《圣诞节》也常单独演奏。

《船歌》为三部曲式,匀称而略有起伏的伴奏如同微波荡漾,舒缓的第一部分主题温和中略带忧郁,使人仿佛看到初夏夜晚的河面上孤寂的小船轻轻地向着远方飘荡:"走到岸边——那里的波浪啊,将涌来亲吻你的双脚,神秘而忧郁的星辰,将在我们头上闪耀。"(阿·普列谢耶夫)

柴可夫斯基是全世界最受欢迎的"古典"作曲家之一。他在作品中流淌出的情感时而热情奔放,时而细腻婉转。他的音乐具有强烈的感染力,充满激情,乐章抒情又华丽,并带有强烈的管弦乐风格。这些都反映了作曲家极端情绪化、忧郁敏感的性格特征——会突然萎靡不振,又会在突然之间充满了乐观精神。

在柴可夫斯基的大部分音乐里,我们都可以清晰地感受到民族文化的影响——他将民族文化与西方交响乐传统成功地融合在一起。尽管柴可夫斯基结识了"强力集团",但是他始终没有加入任何一个民族主义团体。

柴可夫斯基曾写道:"至于我对音乐里俄罗斯元素的关注,是由于我常年生活在异国。在我年幼的时候,俄罗斯民族音乐无法描述的美丽就已经充满了我的生命。"

第二期

毛泽东《沁园春·长沙》
古曲《将军令》

沁园春·长沙

毛泽东

独立寒秋，湘江北去，橘子洲头。
看万山红遍，层林尽染；
漫江碧透，百舸争流。
鹰击长空，鱼翔浅底，
万类霜天竞自由。
怅寥廓，问苍茫大地，谁主沉浮？

携来百侣曾游，
忆往昔峥嵘岁月稠。
恰同学少年，风华正茂；
书生意气，挥斥方遒。
指点江山，激扬文字，
粪土当年万户侯。
曾记否，到中流击水，浪遏飞舟？

蒙 思

　　当革命历史逐渐退去它神秘的光环的时候,无论是谁都难以刻意回避革命史观在中国近代史中的重要地位。无论是对中国历史抱有好感还是抱着刻意回避的刻板冷战政治思维的认知,中国革命历史都有着自己独特的但却难以摆脱西方思想影响的解释模式。这种认知显然是充满了焦虑与矛盾:一方面,如何解释中国独立自有的现代形态;另一方面,如何在西方史观的叙述中摆脱西方意识形态的控制。同样,当这种讨论逐渐成为一种根深蒂固的套路而难以自拔后,一个极端的后果就是我们逐渐相信,在中国历史的不同发展阶段都能够发现和西方历史发展阶段相印证的阶段。明清之际,中国开始彰显出反封建反皇权的思想,而这期间西方的近代思想逐渐传入,朦胧之间影响着人们对世界格局的认知与想象。随着是西方译介作品的传播,西方近代观念逐渐成为革新力量的重要手段。

　　这些论点现在看来并不稀奇,除了对个人自由的关注,已经产生了对于法律契约的要求,与之相呼应的是对私有财产的维护和对平等观念的追求。一些学者把这一阶段的现象称为"启蒙时代",类似于西方启蒙运动,出现了一股"人的觉醒"的历史思潮。这样的认知往往给人一种与生俱来的安慰,就好像从没有进过大观园的刘姥姥,在文明世界走一遭以后,也有了向人炫耀的资本。更有甚者会附会道,其实西方的这些思想中国古已有之,只不过是一种现代的变种,西方人不过是捡拾我国古人的牙慧而已,实在没有什么了不起。这一自我癫狂的背后仍旧是在中国的历史语境中发现近代西方文明文化因素的思维逻辑。这一研究追求的本身就是一个假命题,这种研究有多少有效性是令人起疑的。

同样具有代表性的说法是"大分流"史观。这一提法来自美国学者彭慕兰的著作《大分流:欧洲、中国及现代世界经济的发展》中的观点。在彭慕兰看来,中国的经济社会发展在西方全面实行工业化之前,基本与西方社会在同一起跑线上,并没有与西方社会拉开太大距离,真正与西方社会拉开距离的原因是工业化充分发展才导致中国错失了发展机会。在沟口雄三看来,实际上,所谓中国的近现代发展脉络实际上从未中断过,甚至在西方开始以战争的形式打开中国大门的时候,中国自有的发展形势也没有中断过,也许只是转化成了一种新的动力形式。所以除了讨论西方因素对中国历史的形塑作用,还应该看到中国社会内部的转型对世界历史格局的影响。从这样的研究角度进行观察,也就是说西方的社会思想只是一种触媒诱发了中国自古传承下来的社会伦理与生活价值观。特别是以"仁""均天下"为基础理念构架的儒家传统士大夫的经世观,大同思想,特别是含有无政府主义思想的"生民"思想观念的影响,都在日常生活与社会发展中发挥着积极的作用。

由此可以看到,毛泽东提出的"为人民服务",对"大公无私"行为的传承,都不是西方思想脉络所能解释的。尽管对毛泽东本人革命成就的研究汗牛充栋,但却导致了另外一种叙事冲动,即不但将他的政治主张理想化、乌托邦化,更描绘出一幅非常有戏剧性的画面:对通向胜利抱有绝对的坚定的看法,这些动力来自对马克思列宁主义的坚信,来自能够按照形势的需要作出让步和调整个人行动,并获得了人民的信仰和称颂。

显然对于毛泽东的实用主义看法造成了貌似是其个人开创了革命,20世纪中国历史的传奇,成为其个人的传奇,革命的命运就是其个人的命运,甚至其本身比列宁更具有传奇性与革命性。而且,毛泽东相信历史发展的动力是不断革命,只要革命是永恒的,他就能使他的革命事业永恒下去。这种对历史本质主义的看法,影响了对毛泽东形象的设定。毛泽东形象不仅要与其革命家的地位相匹配,而且不要忘了他还是一位伟大的文学家。在中国悠久的历史中,文人治世是基本的社会统治形式,文人不仅仅是功名的成就者,也是思想文化的传承与推进者。

毛泽东的文学渊源,主要来自几类典籍及著述。一类是经书,毛泽东在很小的时候,同样是通过死记硬背四书五经来认识社会的。在8到13岁的年纪通过在韶山学堂学习这些东西,开启其思想的萌芽状态。之后又学习了大量的道家哲学著作。我们知道其旧体诗做得极好,与其从小接受旧式教育影响分不开。

其次是白话小说和侠义类小说。毛泽东的家庭条件完全可以支撑他学习阅读的要求。他逃避学堂学习,很早就反抗私塾学习,阅读小说。《西游记》《水浒传》和《三国演义》,宋代岳飞的传记,《红楼梦》等小说他很早就读过。这些书对他影响很大,因为是在很容易接受的年纪读的。可以说,在这些故事中可以找到一切:军事斗争,改朝换代,英雄主义,甚至还有某些民粹主义。当然毛泽东对这些封建主义的内容是持批判态度的。

第三类是历代重要的编年史,比如司马光的《资治通鉴》这种正统的编年史,以及晚清时期,重新被人们重视的思想家诸如王夫之、顾炎武、颜元等人的著作。

最后一类是当时非常激进的时政评论。正是通过阅读这些小册子,他开始对国家的前途感到沮丧,开始意识到国家兴亡,匹夫有责。

《礼记》中的《礼运》篇,描述了这样一个年代:"大道之行也,天下为公。"在这样一个田园乐土,人们从不考虑自己利益,每个人就像对待自己的亲属一样去爱别人,病人和老人都能够得到照料,不关房门也不会有人偷盗——到处呈现一派大同的理想状态。但是很快大道隐去了,"大同"一去不复返了。而毛泽东在《论人民民主专政》中写道:"努力工作,创设条件,使阶级、国家权力和政党很自然地归于消灭,使人类进到大同境域。"把"大同"作为未来世界的发展阶段,还有很长一段路要走。

诗　说

> 东方红,
> 太阳升,
> 中国出了个毛泽东。
> 　　　　——《东方红》

遵义会议在中国共产党的革命历程中具有历史转折性的

伟大意义。这次会议不仅仅纠正了以往革命中的"左倾冒进"错误军事指挥路线,还是中国共产党第一次摆脱共产国际的政策干涉,第一次掌握马克思列宁主义基本原理,独立自主解决中国革命实际问题,制定方针、路线、政策。

更为重要的是,在这次会议上,毛泽东在党内获得了重要的声望,确立了党内的领导地位,没有什么比这一消息更令人振奋了。遵义会议之后,两位参与过长征的红军干部,难掩激动的心情,挥笔写下了自己的兴奋状态:"遵义会议挽艰危,全军将士喜上眉。重占遵义施计巧,再夺娄山显神威。四渡赤水歼顽敌,三路白军化烟灰。夜过乌江迫贵市,军威浩荡震蒋魁。"(欧阳文)"铁壁合围难突破,暮色苍茫别红都。强渡湘江血如注,三军今日奔何处?娄山关前鏖战急,遵义城头赤帜竖。舵手一易齐桨橹,革命从此上新途。"(伍修权)这两首诗生动地传达出亲历长征的革命战士对转危为安的革命历程的深刻体会。在长征过程中由于博古和李德错误的单纯防御路线,红军遭遇重大损失,陷入极大困境,给红军队伍带来极大挫折和迷茫。正是通过遵义会议的召开,及时纠正错误军事领导路线,确立以毛泽东同志为代表的正确路线和指导,革命危局得到扭转,人心得以凝集。

但实际上,遵义会议后,红军的前途和中共的革命道路并没有转危为安。毛泽东在《忆秦娥·娄山关》中写道:"西风烈,长空雁叫霜晨月。霜晨月,马蹄声碎,喇叭声咽。雄关漫道真如铁,而今迈步从头越。从头越,苍山如海,残阳如血。"这首诗歌仍然显现出毛泽东较为沉郁的心情。在遵义会议以后,经过了长达七年的思想斗争与革命斗争,毛泽东才成为党的领导核心。

革命的征途从来都充满着艰辛与坎坷，而诗词则成为表达革命路途灵感的重要方式。在《沁园春·长沙》中，毛泽东通过密集的意象，唤起了身边许多人的想象力，而正是诗歌形象生动的表达手段，从想象到现实的转换，让人对未来革命的成功充满期待。

乐　说

《将军令》源于唐王朝皇家乐曲，流传至今1000多年，有多种曲谱和演奏形式，乐曲主要表现古代将军升帐时的威严庄重、出征时的矫健轻捷、战斗时的激烈紧张。这里介绍的是四川扬琴曲。《将军令》原是"四川扬琴"（曲艺的一种）的开场音乐，由李德才和李德元传谱，李小元和项祖华整理。

乐曲共分四段：散板、慢板、快板和急板。第一部分用大段的摇指和左手弹奏技法，表现出鼓角声声的场景，旋律紧张而神秘；第二部分通过左手夸张的吟、滑手法勾画出智勇双全的将军形象；第三部分用持续加快的"快四点"技法，表现了士兵们编队急进的情形；第四部分描绘两军对垒、沙场厮杀、号角齐鸣、得胜回营的情景。全曲一气呵成，节奏紧迫有度，音乐富有气势。

《将军令》是浙江筝派的代表曲目之一，浙江筝派不仅来源于杭州滩簧、江南丝竹等民间乐曲，并且很多都是由弦索十三套曲演变而来的。这首乐曲就是古谱《弦索十三套》曲牌所记录的乐曲之一。

《将军令》原为戏曲中开场音乐和为摆阵等场面而伴奏的曲牌，民间艺人也常吹奏此曲以增添节日的热烈气氛。苏南吹打乐《将军令》是用两支大唢呐吹奏旋律，配以"大锣大鼓"，渲染威武雄壮的气派，并用招军长鸣以壮声势。

　　上海民族乐团以《将军令》为蓝本进行加工改编。在乐曲开始时加了一首曲牌，对原曲也做了一些增删。在乐队编制方面，仍以一对大唢呐吹奏主旋律，另增加了笛、笙、号筒等加强旋律色彩。打击乐器增加了定音的"十面锣"和低音大锣（海锣）等。因而乐曲在速度、力度以及音色变化上造成了强烈的对比，使曲调更显气魄宏伟，犹如千军万马簇拥主帅胜利归来。

第三期

穆　旦《赞美》
[捷克] 贝德里赫·斯美塔那《我的祖国》

赞 美

穆 旦

走不尽的山峦和起伏，河流和草原，
数不尽的密密的村庄，鸡鸣和狗吠，
接连在原是荒凉的亚洲的土地上，
在野草的茫茫中呼啸着干燥的风，
在低压的暗云下唱着单调的东流的水，
在忧郁的森林里有无数埋藏的年代。
它们静静地和我拥抱：
说不尽的故事是说不尽的灾难，沉默的
是爱情，是在天空飞翔的鹰群，
是干枯的眼睛期待着泉涌的热泪，
当不移的灰色的行列在遥远的天际爬行；
我有太多的话语，太悠久的感情，
我要以荒凉的沙漠，坎坷的小路，骡子车，
我要以槽子船，漫山的野花，阴雨的天气，
我要以一切拥抱你，你，
我到处看见的人民呵，

在耻辱里生活的人民,伛偻的人民,
我要以带血的手和你们一一拥抱。
因为一个民族已经起来。

一个农夫,他粗糙的身躯移动在田野中,
他是一个女人的孩子,许多孩子的父亲,
多少朝代在他的身边升起又降落了
而把希望和失望压在他身上,
而他永远无言地跟在犁后旋转,
翻起同样的泥土溶解过他祖先的,
是同样的受难的形象凝固在路旁。
在大路上多少次愉快的歌声流过去了,
多少次跟来的是临到他的忧患;
在大路上人们演说,叫嚣,欢快,
然而他没有,他只放下了古代的锄头,
再一次相信名词,溶进了大众的爱,
坚定地,他看着自己溶进死亡里,
而这样的路是无限的悠长的
而他是不能够流泪的,
他没有流泪,因为一个民族已经起来。

在群山的包围里,在蔚蓝的天空下,
在春天和秋天经过他家园的时候,
在幽深的谷里隐着最含蓄的悲哀:
一个老妇期待着孩子,许多孩子期待着

饥饿,而又在饥饿里忍耐,
在路旁仍是那聚集着黑暗的茅屋,
一样的是不可知的恐惧,一样的是
大自然中那侵蚀着生活的泥土,
而他走去了从不回头诅咒。
为了他我要拥抱每一个人,
为了他我失去了拥抱的安慰,
因为他,我们是不能给以幸福的,
痛哭吧,让我们在他的身上痛哭吧,
因为一个民族已经起来。

一样的是这悠久的年代的风,
一样的是从这倾圮的屋檐下散开的
无尽的呻吟和寒冷,
它歌唱在一片枯槁的树顶上,
它吹过了荒芜的沼泽,芦苇和虫鸣,
一样的是这飞过的乌鸦的声音。
当我走过,站在路上踟蹰,
我踟蹰着为了多年耻辱的历史
仍在这广大的山河中等待,
等待着,我们无言的痛苦是太多了,
然而一个民族已经起来,
然而一个民族已经起来。

1941年12月

蒙 思

文学到底有什么用？

据说，在美国留学时的穆旦，对选择读英美文学专业大有一番考量，正如哲学没有什么实际用处，但是因其"无用"而又有"大用"。这样说很漂亮，当然也很庄子，有点消极。实际上，无论是哲学、文学还是历史，你如果跟学生讲它们的功用，说这些学科"无用"，学生一定会很懊恼，你也会觉得这个回答有些敷衍和搪塞。对于这个问题，穆旦曾经也很困惑，但是他却用实际行动告诉我们文史哲的"大用"是什么。

在美国留学期间，穆旦继续学习俄文，甚至他连着选读了三个学期。这全是因为他有过一个设想，就是留学毕业后一定要回到祖国，翻译俄文著作献给新中国。同时，他时刻关注着新中国的动向，就是在撰写学位论文的紧张时刻，还不忘记阅读毛泽东的《新民主主义论》等社论文章，有意识地关注中国的现实问题。而实际上，穆旦的留学生活是很艰苦的，作为一个家庭条件比较困难，又自费留学的人来说，必须半工半读。他住条件最差的旅馆，只因为房租便宜；每天吃的是最便宜的面包、炼乳和花生酱，水果也吃最便宜的橘子、葡萄等。虽然生活清苦一些，但那时候来往的朋友很多；虽然都是些穷学生，但茶余饭后，谈论诗文，兼论天下大事，也别有一番风趣。朋友经常聚会，有后来大名鼎鼎的政治学教授邹谠和心理学家卢懿庄、著名数学教授陈省身等人。大家生活得并不宽裕但却充实欢畅。穆旦在攻读英美文学期间，尽管学习成绩出类拔萃，甚至比美国同学都强，但是新中国成立给了他很大鼓舞，为了今后能够给中国读者介绍俄国和俄国文学，他刻苦钻研俄国文学。

据穆旦的同学回忆，这门课程很是辛苦，每天6个小时，天天上课。从字母开始学起，每天阅读文学作品、报纸、新闻简报，甚至是政府公文。每天都令人焦头烂额。但是穆旦却显得极为从容，每次作业都能得到俄文教授的好评。穆旦之所以选择这门课，其实是为了向教授请教自己读不懂的字句。译诗是献给国家最好的礼物——正是抱着这样的毅力与决心，穆旦成为中英文、俄文的通才。

穆旦并不喜欢美国的生活，他曾经写过一首诗歌讽刺美国的教育与阶级分化的社会现实。在《美国怎样教育下一代》中，他写道:"美国怎样教育下一代?/专家的笑脸会有一套解答;/我只遇见过的母亲，愁眉不展，/问我对她的孩子有什么办法?/小彼得，和他的邻居没有两样，/腰里怀着枪，走路摇摇摆摆。""呵，小彼得，不念书，不吃饭，/每天跟着首领在街头转。/起初你也是个敏感的孩子，/为什么学得这么麻木，这么冷酷？/可是电影，无线电，连环图画，/指引了你作人的第一步？""彼得呵，无怪你的母亲愁眉不展，/她忧闷的日子还很长，很长，/即使你安全冲过了这么多关口，/最后一只手要抓住你不放，/那只手呀，正在描绘战争的蓝图，/那图上就要涂满你的血肉！"

在《感谢上帝——可耻的债》一诗中，穆旦这样描绘美国宗教与资产阶级的虚伪与铜臭味:"感谢上帝——贪婪的美国商人；/感谢上帝——腐臭的资产阶级！/感谢呵，把火鸡摆上餐桌,/十一月尾梢是美洲的大节期。//感谢什么?抢吃了一年好口粮;/感谢什么?希望再作一年好生意;/明抢暗夺全要向上帝谢恩,/无耻地,快乐的一家坐下吃火鸡。//感谢他们反压迫的祖先,三百年前,/流浪,逃亡,初到美国来开辟;/是谁教他们种的玉米,大麦和小麦?/在蛮荒里,谁给了他们珍贵的友谊?/感谢上帝?你们愚蠢的东西!/感谢上帝?原来是恶毒的诡计:/有谁可谢?原来那扶助他们的'土人'/早被他们的子孙杀绝又灭迹。//感谢上帝——自由已经卖光,/感谢上帝——枪杆和剥削的胜利!/银幕上不断表演红人的'野蛮',/但真正野蛮的人却在家里吃火鸡。//感谢呀,呸!这一笔债怎么还?/肥头肥脑的家伙在家吃火鸡;/有多少人饿瘦,在你们的椅子下死亡?/快感谢你们腐臭的玩具——上帝!"

可见诗人对资本主义社会文明与宗教的倒退与反动是深恶痛绝的,而对新中国的新社会与新制度是极为赞同与期待的。穆旦一直期待着学成归国,以终生的事业报效祖国。穆旦经常对别人说:"祖国和母亲是不能选择的。"甚至是在取得学位之后,迟迟不找正式工作,只打零工,以备可以随时动身返回祖国。此时,穆旦的诗歌已经在美国刊物上发表,并小有名气,很多友人也建议他多写诗,靠写作来改善生活。而穆旦却说:"在异国他乡,是写不好诗,不可能有成就的。"同样,穆旦的夫人周与良也很支持穆旦回国的主张,尽管许多教授都希望她博士毕业后能够留在美国,但她还是在1950年,学业还没有结束的时候,就充分准备,开始办理回国手续。终于在1953年初,穆旦与妻子周与良几经辗转,经香港、广州、上海,终于回到了祖国的怀抱。在上海与多年不见的好朋友萧珊等人会面,鼓励他们尽快地多搞翻译。

在回国以后的日子里,穆旦克服重重困难,翻译了大量苏联著作,特别是在普希金诗歌的翻译方面,奠定了其作为翻译家的地位。

如果从一个更长的历史语境来看,穆旦做到了自己的承诺,他被认可为一位知识分子中的左派。翻译仍旧是其用生命去实践的一次伟大事业,不可否认的是他的作品已经成为不同时代的读者与研究者难以绕过的对象,其爱国、不忘初心的翻译家形象已深深嵌入新中国无私奉献者的历史纪念碑中。

诗　说

穆旦(1918—1977),现代主义诗人,翻译家。所有认识穆旦的人都说他是一位品德高尚的人,他关心他人,把别人的利益看得高过一切,把人民群众的利益置于自己的利益之上,也正是这种毫不利己的纯粹精神才能在国家的文艺事业上辛勤耕耘,把贡献看做责任,义不容辞,不畏艰难险阻,坚持着自己的无私奉献的目标,一步一个脚印地前行着。

在我的印象中,这种形象的知识分子很多。在我成长起来的大院之中,许多人都直面人生,对祖国无限忠诚,即使受到不公正待遇也无怨无悔;对父母,秉承孝顺之心,承担起赡养的责任与义务;对配偶子女,无微不至地关怀,是可为表率的好伴侣、好父母;对朋友则真心付出,成为可以信赖的好伙伴。这些信仰往往是坚持一生,真正做到了"毫不利己,专门利人"。

在穆旦的世界中,精神是可以超越一切的。为了追求真理,完成学业,他曾经跟随步行团横跨湘黔滇三省,长途跋涉到达昆明,开创了教育史上艰辛而又极具伟大意义的"长征"。而在这次三千里的徒步过程中,他也不忘调查研究,体验民情:"考察风土,采集标本,锻炼体魄,务使迁移本身即是教育。"而在1941年,由于二战的形势所迫,战场迅速扩大,战火烧到了东南亚和太平洋地区,日军开始空袭昆明。在西南联大的学生也不能无动于衷,他们走上街头,举行示威游行。这对于穆旦来说又是现实的深刻的爱国主义教育。不久,在抗战危急的重要关头,在祖国危难的感召下,无数爱国青年争前恐后,奔赴抗日前线。当时,为了共同对抗日本侵略,中英签订了《中英共同防御滇缅路协定》,形成中英军事同盟,中国将组建远征军,支援英美盟军在缅甸的作战。

爱国岂能落于人后。穆旦曾对一位同学说道:"国难日亟,国无亡日,不抗战无法解决问题,不打日本鬼子无法消除心头之恨。"穆旦放弃了相对安全和平的环境,以一腔爱国热血出征缅甸抗日战场。在后来撤退的过程中,穆旦和部队失去联系,全身浮肿,还身患疟疾,身体一天比一天沉重,在热带丛林中迷路,断粮8天之久,但这个生命力极强的青年,在失踪5个月之后,竟然从地狱中生还,死里逃生地来到了部队事先指定的集结之地——印度。

也许,我们只能慨叹:假如命运真的如此,也并不后悔。我们害怕的是落到什么都说不出的结果。

乐 说

贝德里赫·斯美塔那（Bedrich Smetana，1824—1884），捷克作曲家、钢琴家和指挥家，捷克古典音乐的奠基人，捷克民族歌剧的开路先锋，捷克民族乐派的创始人。1874年不幸耳聋，仍继续坚持创作，作品中最著名的有由六部独立交响诗组成的交响诗套曲《我的祖国》和第一弦乐四重奏《我的生活》，被誉为"捷克民族音乐的奠基人""新音乐之父""捷克的格林卡"。

斯美塔那是忠实的李斯特乐迷，他的音乐作品大都具有一定的内涵。即使是室内乐作品，也都尽量避免抽象的概念。作为歌剧作曲家，他摆脱了法国正歌剧的束缚，而成为现代主义者。斯美塔那在某位卓越的剧作家的帮助下，克服了在为捷克文剧本配乐时最初遇到的困难。这位非凡的女性剧作家才华横溢，她帮助讲德语的捷克作曲家们分析了他们所面临的困难，指导他们掌握捷克文正确且合乎规范的重音规则。

或许围绕在斯美塔那周围最令人迷惑的，还有这样一种概念：他所缔造的民族特色基本上得益于民间歌曲。他很高兴使用通俗的舞蹈节奏，比如他最喜爱的波尔卡舞曲，但他明显地不喜欢直接引用民间歌曲。

政治家Rieger曾指出，民歌旋律是喜歌剧最可靠的基础，斯美塔那对此提出了反驳，他认为这样的形式只会威胁到音乐的真实性。相反，他所创立的音乐风格，在我们现在看来，是包含了韦伯、贝里尼和莫扎特等诸多渊源综合而成的捷克音乐。而与前辈有所区别的是，斯美塔那不是简单的模仿者。具有鲜明个性的音乐旋律和节奏型，还带有强烈的戏剧性，这正是现代观众所认可的捷克音乐的风格特征。

交响诗套曲《我的祖国》是斯美塔那的代表作，创作于1874—1879年间，在音乐史上有着很高的地位，历来被认为是捷克民族交响音乐的起点。作品中充满了爱国的热情，乐曲结构宏伟绚丽，音乐形象富有诗意。他把全部心血倾注于这部规模宏大、构思精细、魅力无比而充满诗意的作品中。1874年他开始患耳疾，1882年11月5日，当作品第一次公演时，他已经听不见任何声音了。交响诗共六个乐章，每个乐章可作为独立的标题交响诗演奏。

斯美塔那的音乐创作，以反映捷克民族的光荣历史和斗争事迹，颂赞捷克大好河山，描绘捷克的风土人情，表现捷克人民的喜好性格、伦理观念、生活理想为特征，他也因此而成为捷克民族音乐的奠基人。

第四期

［德］内莉·萨克斯《被拯救者同声歌唱》 魏家国译
［德］路德维希·凡·贝多芬《D小调第九交响曲》作品125

被拯救者同声歌唱

[德]内莉·萨克斯
魏家国译

我们,这些被拯救的生灵,
死神用干瘪的身躯制成长笛,
死神用筋胳制作琴弦。
音乐的变换
使我们满腹怨情。
我们,这些被拯救的生灵,
套索老在我们面前晃动,
它们悬吊着,等待我们的脖颈。
我们的血液向时钟里注倾。
我们,这些被拯救的生灵,
可怕的寄生虫老是在我们身上吮吸,
我们的命运被埋进泥土深层。
我们,这些被拯救的生灵,
祈求你们:
慢慢地向我们展示你们的光明。
让我们重新学会生活。

引领着我们齐步从星辰走向星辰。
平时本可听见鸟鸣,
装满了的井边水桶
泄露了我们的隐痛,
也把我们的怒气息平。
祈求你们:
不要让我们看着疯犬咬人。
我们本会,本会
化作灰尘,
在你们的眼前瓦解土崩。
是什么使我们欲动不成?
我们,这些无声无息的人,
人们早曾把我们拯救,
逃出那午夜时分,
眼前的挪亚方舟救出了我们这帮生灵。
我们,这些被拯救的生灵,
我们握着你们的手,
我们分辨出你们的眼神。
只有别离使我们拥抱得更紧,
我们和你们贴得多紧,
这人世的别离之情。

蒙 思

> 中华民族自苦难的深渊中寻求希望的光芒,
> 犹太民族在苦难的岁月中追寻出路和远方。

1937年12月南京陷落后,侵华日军于南京及附近地区实施了长达6周的有组织、有计划、有预谋的大屠杀、奸淫、放火和抢劫等血腥暴行,遇难人数达30万人。1939—1945年,第二次世界大战期间,纳粹德国对犹太民族进行大清洗,修建集中营,全面围剿犹太人。欧洲大地到处冤狱遍布、冤魂遍野,鲜血染红大地,到处裸露着犹太冤魂的尸骨,遇难人数达600万人。

战争的残酷和破坏力远远超乎人们的想象。女诗人内莉·萨克斯的文字犹如黑暗海面上的一束明亮的光线,带着隐约的肯定、遗失与记得、默然与回声、散落与回归,反反复复,却一直将光亮洒向这人世间。内莉·萨克斯在《被拯救者同声歌唱》中细腻地展现了犹太民族的痛苦和希望,同时侧面体现了犹太人在法西斯统治下苦苦挣扎、求取生存的遭遇。无疑,内莉·萨克斯是勇敢的,她能站在犹太人的立场去控诉和呐喊。她怀揣一颗慈悲之心,将爱与希望播撒在这人世间。我们常说,爱的第一方面是慈,是给予喜悦、幸福的意愿和能力;爱的第二方面是悲,也就是止息和转化痛苦、减轻忧伤的意愿和能力。内莉·萨克斯将自己对犹太民族悲惨命运的悲悯情怀转化为文字和诗歌,给予这个民族以些许慰藉与希望,她义无反顾，坚决果敢。

"死神用干瘪的身躯制成长笛，死神用筋胳制作琴弦。音乐的变换使我们满腹怨情。"短短几句诗便阐释了这首《被拯救者同声歌唱》的背景，演奏歌曲的乐器是用逝去犹太同胞的骨头制成的，曲调充满着压抑和怨愤。这支被拯救者演绎的歌曲是死亡胁迫下的乐章，是恐惧威胁下的悲鸣。同时，这首诗歌的叙事人称也耐人寻味，在诗中反复出现的"我们，这些被拯救的生灵"，作者无疑将自己的立场划定在犹太人民这一方，代表犹太人发出最后的呐喊，诉说其潜藏于内心深处的隐痛与苦闷。"套索老在我们面前晃动，它们悬吊着，等待我们的脖颈"，"可怕的寄生虫老是在我们身上吮吸，我们的命运被埋进泥土深层"，死亡的恐惧无时无刻不在威胁着犹太人的神经。诗人内莉·萨克斯借助人称，将犹太人内心的绝望与苦闷宣泄而出。是谁在"你们"和"我们"之间划定了一条分明的界限？是谁把"我们"困顿在这逼仄的囚牢中，暗无天日？又是谁让"我们"背井离乡，在死亡集中营中历经这人间地狱的恐怖？诗人终于发出了最后的祈祷，她（犹太人）说，"祈求你们：慢慢地向我们展示你们的光明。让我们重新学会生活"，她（犹太人）说，"祈求你们：不要让我们看着疯犬咬人"。最后，诗人内莉·萨克斯从人性的角度发出呼吁："我们，这些被拯救的生灵，我们握着你们的手，我们分辨出你们的眼神，我们和你们贴得多紧，这人世的别离之情"。"我们"和"你们"都生活在这个人世间，都是这人类中的一员，"我们"和"你们"本应该互相关怀取暖，只有别离才能使双方分开。我们应该相信：战争的创伤和苦痛终将过去，新的希望和新的生活终将来到。

> 青春岁月以梦想为伴，
> 似水年华以责任为先。

　　如果说内莉·萨克斯是时代的发言人，勇敢、真诚、慈悲以及责任是犹太人苦难岁月中的一抹光晕，那么对今天高校的学生来说，什么力量可以激励他们看到人生的光亮？在电影《死亡诗社》中就有过类似这样的情境。基廷老师吹着口哨走进教室，把学生带到大厅，让他们看橱窗中陈列的已故校友的毕业合影。他对学生说："好好看看这些过去的面孔，照片上的这些男孩子们和你们一样，也曾意气风发，野心勃勃，然而无情的自然法则使他们早已化作了灰土。我们都是凡人，总有一天，这个房子里的人都会停止呼吸，僵冷，死亡，所以要把握今天，让生命超凡脱俗。"他指着照片，说："如果仔细听，能听到他们给你们的忠告。来吧！近一点！听见了吧？"基廷老师在孩子们背后发出呼唤："CARPE DIEM"（拉丁语：抓紧时间）"抓紧时间，孩子们，让你的生命不同寻常！"这句呼唤，震撼着在场的每一位学生。

　　这让我想到了自己小时候的一次经历，那时候几位亲戚带着小孩来我们家玩，两个上高中的堂妹，还有一个已经上大学的表哥。妈妈给我们买了四张去欢乐谷的票，让我们自己去玩，但前提是注意安全。那时候对我而言，节假日能去欢乐谷玩一趟是一件非常兴奋的事。我们一行四人开心地前往欢乐谷，约定好最后的集合时间，我们便开始了各自的"冒险"之旅。你们知道最后结果如何么？当我们在约定的时间点见面后，那位表哥给我们绘声绘色地说了他玩的一些项目，听起来很刺激，也很新颖。但那些项目我都没玩过，反观我自己，拿了门票进去之后，没有结合欢乐谷地图做一个详细的规划和攻略，看到一个项目便排队等候，跟随大流。这看看，那瞧瞧，时间就这样无声地溜走了。随着年岁的增长和阅历的丰富，才突然意识到，这小小的欢乐谷之旅，其实又何尝不是暗指人生。这小小的门票便是我们的出生证，这定有最后期限的相聚便是人生的终点站——死亡，而你在这个"欢乐谷"里进行的一切活动便是整个人生的过程。生活只是我们的一个舞台，它本身是什么并不重要，重要的是我们要在这个舞台上选择出演什么样的角色和内容：戏剧、诗歌、悲剧、话剧、哑剧、歌剧……内容不限，就像当时我们去欢乐谷一样，可以体验各个项目，但原则是：你自己选择并乐意用一生去努力实现。

之后，我决心在人生的起点和终点之间的旅程中，每一时、每一刻都活得尽兴。提前做好规划，对自己想玩且心动的项目一定为之努力拼搏。因为这须臾人生只有一次，我只有一张门票，且这门票上还设有最后的期限。诚如美国诗人惠特曼的诗句，也是电影《死亡诗社》中的开篇之辞："我步入丛林，因为我希望生活得有意义。我希望活得深刻，吸取生命中所有的精华，把非生命的一切都击溃。以免当我生命终结时，发现自己从来没有活过。"这也是对广大青年同学的告诫，也是提醒我们生命中最基本的品质：比如梦想与激情，比如血性与责任。

时代创造青年，青年创造时代。要先决定人生努力的方向，要不断探索学习新事物；要提前做好人生的规划，并为之奋斗终生。当我们年轻时，可以为崇高的理想而选择光荣地死，当年长时，可以为崇高的理想而选择卑贱地活。我们每个人都应是守望者，守望我们的心智，守望我们的理想，以防它在生活中不知不觉地坠落和被自己遗忘。在平庸地活着和无悔地死去这两者之间，我会义无反顾地选择后者。这关乎梦想，关乎责任，人因梦想而伟大。

诗　说

如果说音乐是人类的太阳，那么歌唱便是受苦受难的人民的月亮。月亮虽不如太阳那么明亮绚烂，但对于身居渊薮、暗无天日、饱受战争侵袭的人们来说，洁白柔软的月光便已足够。《白夜行》里有这么一句："我的天空里没有太阳，总是黑夜，但并不暗，因为有东西代替了太阳。虽然没有太阳那么明亮，但对我来说已经足够。凭借着这份光，我便能把黑夜当成白天。我从来就没有太阳，所以不怕失去。"

我听过很多场集体大合唱，根据演绎者的不同、演绎曲目的差异、所处环境和所处场合的不同，听者的感受和体验也迥异。还记得学生时代临近毕业时，班级共同演绎曲目《同桌的你》，悠扬的歌声、和煦的阳光、一张张青春年少的笑颜，历历在目；尤记得班级合唱比赛，有的班合唱《团结就是力量》，有的班演绎《友谊地久天长》等曲目，和声的力量，跌宕起伏的旋律，传递着爱与精神，总能引起观者心灵深处的共鸣。而今逐渐明白，有些合唱不需要旋律，甚至不需要发声，其内在的能量与呼号已响彻寰宇。沉默也是一种力量，画面也可演绎出动人心弦的合唱。

内莉·萨克斯（Nelly Sachs，1891—1970）是德国犹太裔诗人和戏剧作家。因其杰出的抒情诗文与戏剧作品以触动人心的力量诠释了以色列人的坎坷命运，于1966年与以色列作家萨缪尔·约瑟夫·阿格农共同获得诺贝尔文学奖。1891年出生于德国柏林的她，1940年为躲避纳粹党在德国对犹太人的迫害而流亡瑞典。战后，发表大量与纳粹党在欧洲对犹太人进行大屠杀相关的诗作，《被拯救者同声歌唱》便是其中极具代表性的一首。这首诗只是通过对几幅场景的描摹，拼凑出一个故事，演绎成一曲伟大的悲歌。合唱使用的乐器由"干瘪的身躯"制成的长笛、由"筋胳"制成的琴弦组成；演绎者的状态是时刻被死神勒住的犹太人民；演奏的曲目是犹太民族在深渊中的祈求语。一个个文字凝结成的祈祷，沉重压抑，无声的静默化作最有力的音符；而内莉·萨克斯便是演绎这场大合唱的指挥者，她为深处渊薮中的无辜灵魂呐喊，为宣扬自由、和平、正义而化作这场无声歌唱的引领者。无声的静默、静默的伟大，便是我所听到的最伟大的合唱。

乐 说

路德维希·凡·贝多芬（Ludwig van Beethoven，1770—1827），欧洲古典主义时期作曲家，世界音乐史上最伟大的作曲家之一，出生于德国波恩。贝多芬父亲对其严厉苛刻的童年教育，造就了他倔强、敏感的性格。22岁开始终生定居于维也纳，创作于1803—1804年间的《第三交响曲》标志着其创作进入成熟阶段。此后20余年间，他数量众多的音乐作品通过强烈的艺术感染力和宏伟气魄，将古典主义音乐推向高峰。1827年3月26日，贝多芬于维也纳去世，享年57岁。

贝多芬一生创作题材广泛，重要作品包括9部交响曲、1部歌剧、32首钢琴奏鸣曲、5首钢琴协奏曲、多首管弦乐序曲及小提琴、大提琴奏鸣曲等。因其对古典音乐的重大贡献而被后世尊称为"乐圣""交响乐之王"。

作为维也纳古典乐派的代表之一，贝多芬是达到古典主义巅峰的音乐家，并且进入了崇高的境界。19世纪早期浪漫主义时期，贝多芬有两张面孔，一张向古典主义做最后的顶礼膜拜，另一张是作为19世纪的领路人和导师，向未来召唤。

贝多芬的一生经历了法国大革命前后欧洲社会的激烈变革，他的作品是时代和个性结合的产物。他极大地扩展了交响音乐的思想内容，使之成为直接反映社会变革的体裁。值得一提的是，在其作品中，钢琴的表现幅度也大大增强。

保罗·亨利·朗这样评论贝多芬的音乐："我们对贝多芬的音乐给后代的巨大影响还没有充分认识。我们知道，器乐在整个19世纪余下的时间的发展都是在他的符咒之下，但是没有一个音乐领域的真正灵魂不是归于贝多芬。"

《D小调第九交响曲》是作曲家在1819—1824年间创作的一部大型四乐章交响曲。因其第四乐章加入了大型合唱，故后人称之为"合唱交响曲"。这部作品第四乐章的合唱部分是以德国著名诗人约翰·克里斯托弗·弗里德里希·冯·席勒的《欢乐颂》为歌词而谱曲的，后来成为该作品中最为著名的主题。这部交响曲被公认为贝多芬在交响乐领域的最高成就，是其音乐创作生涯的最高峰和总结。

　　这部交响乐构思广阔，思想深刻，形象丰富多样，它扩大了交响乐的规模和范围，超出了当时的体裁和规范，变成由交响乐队、合唱队和独唱、重唱所表演的一部宏伟而充满哲理性和英雄性的壮丽颂歌。作者通过这部作品表达了人类寻求自由的斗争意志，并坚信这个斗争最后一定以人类的胜利而告终，人类必将获得欢乐和团结友爱。

第五期

［俄］亚历山大·普希金《致大海》 戈宝权译
［俄］谢尔盖·瓦西里耶维奇·拉赫玛尼诺夫《c小调第二钢琴协奏曲》作品18

致大海

[俄]亚历山大·普希金
戈宝权译

再见吧,自由的元素!
这是你最后一次在我的眼前
滚动着蔚蓝色的波涛
和闪耀着骄傲的美色。

好像是朋友的忧郁的怨诉,
好像是他在别离时的呼唤,
我现在最后一次倾听
你悲哀的喧响,你召唤的喧响。

你是我心灵愿望之所在呀!
我时常沿着你的岸边,
一个人静悄悄地、朦胧地徘徊,
还因为那个隐秘的愿望而苦恼着!

我多么爱你的回音。
爱你阴沉的声调，你悠远无尽的音响，
还有那黄昏时分的静寂，
和那反复无常的激情！

渔夫们的谦卑的风帆，
靠了你的任性的保护，
在波涛之间勇敢地滑过，
但当你跳跃起来而无法控制时，
大群的船只就会被覆没。

我永不能舍弃
你这寂寞和静止的海岸，
我怀着狂欢之情来祝贺你，
和我的诗歌驰骋过
你波涛的峰顶。

你等待着，你召唤着……而我却被束缚住；
我的心灵在徒然地挣扎：
我被一种强烈的热情所魅惑，
独自留在你的岸边。

有什么好怜惜？现在哪儿
才是我毫无牵挂的路程？
而在你的荒漠中只有一样东西

会震惊我的心灵。

这是一个峭岩，一个光荣的坟墓……
沉溺在那儿寒冷的睡梦里的，
是那些威严的回忆：
拿破仑就在那儿消逝。

在那儿，他长卧在苦难中。
而紧跟在他之后，正像风暴的喧腾一样，
另一个天才，我们思想上的另一个王者，
也从我们中间飞逝而去。

自由之神所悲泣着的这位歌者消失了，
他把自己的桂冠留给了世界。
喧腾起来吧，激荡起阴恶的天气吧。
哦，大海，他曾经是你的歌者。

你的形象反映在他的身上，
他是用你的精神塑成，
他像你一样威严、深邃和阴沉，
他像你一样，什么都不能使他驯服。

世界空虚了……
海洋，你现在要把我带到哪儿？
人们的命运到处都是一样：

有着幸福的地方,早已就有人看守,
或许是开明的贤者,或许是暴君。

哦,再见吧,大海!
我永不会忘记你庄严的美色,
我将长久地,长久地
倾听你黄昏时分的轰响。

我的心灵充满了你,
还把你的峭岩,你的港湾,
你的闪光,你的阴影,和波涛的喧响,
带进森林,带进静寂的荒原。

1824年

蒙 思

在一般人的眼中,俄罗斯是一个地大物博的国度。这里不但盛产古典音乐、芭蕾舞、机械、能源,文学也被看作一项重要的"特产"。哲学家伽达默尔就认为,俄罗斯文学是继"西方—欧洲"文学之后的第二个高峰。尽管伽达默尔把俄罗斯文学与欧洲文学进行了切割,实际上我们仍旧能够看到俄罗斯文学深受欧洲文学传统的影响。甚至说,没有20世纪之前的法国文学传统的影响和烙刻,就不会有俄罗斯文学的蔚然大观。

就中国文学而言,俄罗斯文学的影响极为广阔。且不说俄罗斯古典文学中莱蒙托夫塑造的"多余人"的形象,果戈理小说《钦差大臣》《死魂灵》中的现实主义批判倾向,更有俄罗斯民族文学奠基人普希金的诗体小说《叶甫盖尼·奥涅金》,被称为"俄罗斯生活的百科全书"。此后,奥斯特洛夫斯基的剧作成就《大雷雨》,涅克拉索夫在诗歌上的贡献《谁在俄罗斯能过好日子?》,车尔尼雪夫斯基的美学理论和杜勃罗留波夫的文学批评。在19世纪70—90年代,俄国文学开始走向高峰,托尔斯泰继《战争与和平》之后,又写出《安娜·卡列尼娜》和《复活》等小说,达到了"现实主义的高峰",陀思妥耶夫斯基以长篇小说《卡拉马佐夫兄弟》等一系列作品表现了他的"虚幻的现实主义"的追问,契诃夫则以大量短篇小说获得盛名,创作出了"日常生活的现实主义"。

与此同时,俄国革命对世界人民来说影响深远。而列宁主义被称为帝国主义和无产阶级革命时代的马克思主义,是革命导师列宁同志在领导俄国革命的实践中，坚持以马克思主义和具有时代特征的俄国无产阶级革命运动相结合，在深入研究俄国资本主义发展到帝国主义阶段的特征，总结出了无产阶级与资产阶级进行革命斗争的新经验。列宁主义是20世纪初期世界范围内的社会科学乃至自然科学发展的最新成果，创造性地理解并运用了马克思主义，从而补充了马克思主义理论在帝国主义时代的一个新应用。因此，它常常和马克思主义一起被合称为马克思列宁主义。

那么，俄罗斯民族能够在文学、艺术、革命思想上取得如此之高的成就，产生出一代又一代的在世界范围内具有重大影响性的伟大人物，原因何在呢？这个问题经常在文化研究中被反复讨论。进一步的问题是，这样一个高度崇尚艺术的民族，却曾经在历史上疯狂扩张领土，也曾在二战期间侵占他国领土。当然，这些问题并不能通过这样一篇简短的文字进行回答，笔者只是希望从一般意义上讨论俄罗斯文学文化的批评性特征与思想特征，来回答上面提到的问题。

文学创作和文艺思想并不是凭空产生的，真正好的思想和思维方式来自其哲学批判。这种哲学思维方式是彻底性的与创造性的思想/思维方式。因此，当我们试图分析俄罗斯文化为何如此兴盛的时候，能够找到一些理论依据。

我们知道俄罗斯民族是一个既崇尚自由又热爱专一的民族。在这样一个民族的文化传统中，"一"意味着统一性，这样也就可以解释俄罗斯国家统一与领土扩张的思维模式。也就是说在俄罗斯林林总总的文学、文化、艺术、思想意识中，"一"是统一的重要性。但实际上"一"可以说是西方哲学文化的开始,是西方哲学的重要思维方式。"一"指向原初,"一切是一"代表着一种普遍性,"一是一切"则指向个体性。具体来说,"一切"指代的是"什么"的问题,而"一"则指向"如何"的问题。当我们在问这是"什么"的时候,我们会说:"列宁是什么?"我们可以说:"列宁是一个政治家,是一个革命家,是一个人,是一个男人,是一个生物,是一种物质,是一种存在,是一种符号(因为他已经死了)。"这些都是语境之中的言语统一性。在此语言中,"什么"是一种普遍性的问题,西方哲学的传统则认为这是一种"共相",或者说idea,当代哲学常称为"本质"。也就是说列宁的本质是什么?是政治家、革命家、生命、男人或存在本身的问题。我们的回答中,每一个回答都对应一个实质领域,这就是一个存在的形式,而存在则是这些形式的原型,即存在的存在。所以,对"一切是一"的追问,是存在学上的本体论。而"一是一切"则相反,指向的不是普遍性追问,而是指向个别的个体性的追问,要回应的是每个个体的情形,是问每个个体的实际情况——这个个体是怎么出现的,怎么运动的,怎么实现的——在后来的语境中,亚里士多德称之为"实存",是一种确定的此在状态,讲的是个体性。这两种追问,形成了两种思维倾向,也可以说表现为两种生活姿态。这在俄罗斯文学中都有所表现。

再就是现实主义的批判传统。批判来自希腊文化传统,批判意味着探究、判定和辨别,并没有中文中强烈的贬义色彩。德国哲学家康德把批判(Krisis)作为一个哲学词汇,并写出了著名的"三大批判"哲学著作,即《纯粹理性批判》《实践理性批判》和《判断力批判》,分别对应着知识论、伦理学和美学问题。康德著作中的"批判"很好地体现出了批判的本意：区分、探究与判定。这种对现实问题普遍怀疑的批判方法来自古典哲学的批判方法，一种苏格拉底式的诘难式的哲学对话方式，是辩证法的最早雏形。先通过放低自己的姿态，承认自己"自知自己无知"，然后通过和别人的对话在提问、诘难、论辩中否定别人的想法。再进一步通过细致的区分和归纳，提出一个定义。这种哲学思维方式在俄罗斯的文学创作中具有代表性，比如车尔尼雪夫斯基的《怎么办？》，都是通过大量的自我反思与自我叙述来传达理想志愿的。

俄罗斯文学实际上在告诉我们，无论是外来的文化，还是自身的传统，只要能对我们今天的生活有所促进，就是好的。

诗 说

1835年，17岁的马克思在他的高中毕业作文《青年在选择职业时的考虑》中这样写道："如果我们选择了最能为人类而工作的职业，那么，重担就不能把我们压倒，因为这是为大家作出的牺牲；那时我们所享受的就不是可怜的、有限的、自私的乐趣，我们的幸福将属于千百万人，我们的事业将悄然无声地存在下去，但是它会永远发挥作用，而面对我们的骨灰，高尚的人们将洒下热泪。"

亚历山大·普希金（1799—1837）的一生颇具传奇，他出身贵族家庭，却饱尝颠沛流离之苦、贫病交加的煎熬，但他受到进步思潮的影响，发表大量关于解放农奴的诗歌，歌颂人类的解放与进步，为俄罗斯文学和语言的发展做出了重要贡献，成就了伟大人生。

在俄罗斯，普希金的地位非同一般，每当你走进他的故居和文学博物馆，你都能深刻地感受到他的魅力。一页一页的诗句犹如警报一般响彻俄罗斯广袤的大地。你能感受到这位诗人的良知与信念，就像那个用青铜铸成的普希金雕像一般，嘴角微微翘起，仰视着人类共同的骄傲和奋斗之程，慢慢地转过身来。普希金曾经写道："生命的驿车即使负载很重，它也在轻快地行进；灰色的时间是彪悍的车夫，在座位上一直吆喝不停……我们蔑视闲散和懒惰，总是在喊：马儿，快跑……"普希金总是感叹时间的仓促，还有许多事情尚未开始，还不能继续歌颂自由，就被沙皇流放了。而后，又被软禁在南方的米海伊洛夫斯克，从此就再没离开过那里。

尽管并不能回到莫斯科参与政治活动，但乡村的美丽风光逐渐治愈了诗人流放之时的彻骨疼痛，眼看着远山的苍翠和繁郁，大片原野、山丘以及星星点点的湖水，诗人的心境与大自然逐渐融为一体，心灵逐渐澄净。他写了一首诗歌《乡村》，献给自己生活的米海伊洛夫斯克："我在这儿，摆脱了世俗的桎梏，学习在纯真中寻求安乐；以自由的心灵崇拜自然的法则，不理睬那群庸人的说长道短，却乐于回答那些羞怯的祈求，毫不忌羡那些恶徒与蠢货，管他们怎样飞黄腾达，我自我行我素。"而普希金也静卧故土长眠不起，永远留在了这里。

乐 说

谢尔盖·瓦西里耶维奇·拉赫玛尼诺夫（Sergei Vassilievitch Rachmaninoff，1873—1943），20世纪世界著名古典音乐作曲家、钢琴家、指挥家。拉赫玛尼诺夫出生在俄罗斯谢苗诺沃的奥尼加城的一个富庶的地主家里。他的家庭有着很好的音乐环境，拉氏曾祖父曾经在圣彼得堡师从著名演奏家菲德尔学习，拉氏的母亲安娜·奥娜斯卡雅是圣彼得堡音乐学院的毕业生，拉氏的最早的钢琴教育就来自母亲，这使他从小受到了良好的音乐熏陶。

拉赫玛尼诺夫音乐作品既有浪漫主义时代的元素，又有接近20世纪作曲家的许多现代元素，如何成功把这两种风格相融合成为其创作之谜。拉赫玛尼诺夫的浪漫主义风格与现代风格浑然一体，他个人一贯沿用的创作风格已被世人所熟悉。常人看来格格不入的元素在拉赫玛尼诺夫的作品中被神奇地融合在一起，诸如浪漫主义情怀、大小调体系中的丰富调式和其他一些现代风格等。

无论作为作曲家，还是舞台上的钢琴演奏者，拉赫玛尼诺夫创作出的形象是一致的。据同时代人回忆，他的表演因声音的特殊力度而令人惊叹，这力度并非体现于外在，也不是表面的精湛演奏技能。能够最准确体现拉赫玛尼诺夫钢琴演奏声音质量的词汇是"雄浑"。这种"雄浑"包含着钢琴乐器的完美表现力、演奏者的精湛表演、动感的力量体现、钢琴音质的美感。

《C小调第二钢琴协奏曲》是作曲家最成功的代表作之一，创作开始于1899年，完成于1901年。1899年，拉赫玛尼诺夫刚好从英国回国，在英国期间，他被邀请演奏了自己的作品并亲自指挥演奏了他的管弦乐幻想曲《悬崖》。在此之后的一段时间里,拉氏开始构思并创作《第二钢琴协奏曲》,并在1899—1901年这三年时间里完成了这部鸿篇巨制的创作。

在这部作品中,拉赫玛尼诺夫一方面以深沉的音调抒发他内心的忧郁与悲伤,另一方面也通过气势磅礴的高潮来表达他满腔的激愤。整部作品明朗、真挚、完整而深刻,音乐中洋溢的热情和力量,显示了拉赫玛尼诺夫音乐创作中的浪漫主义风格,确立了他当时的影响和地位。直至今日,这首著名的钢琴协奏曲仍有广泛的听众。无论时代怎样前进,音乐如何发展,传统音乐的魅力依旧不减。

第三季

芳华岁月,似水流年

［印度］泰戈尔《生如夏花》 郑振铎译
［挪威］伊莱克特斯《阿斯加德》

生如夏花

[印度] 泰戈尔

郑振铎译

生命,一次又一次轻薄过。
轻狂不知疲倦。

——题记

1

我听见回声,来自山谷和心间。
以寂寞的镰刀收割空旷的灵魂,
不断地重复决绝,又重复幸福。
终有绿洲摇曳在沙漠,
我相信自己,
生来如同璀璨的夏日之花。
不凋不败,妖冶如火。
承受心跳的负荷和呼吸的累赘,
乐此不疲。

2

我听见音乐,来自月光和胴体。
辅极端的诱饵捕获飘渺的唯美,
一生充盈着激烈,又充盈着纯然。
总有回忆贯穿于世间,
我相信自己,
死时如同静美的秋日落叶。
不盛不乱,姿态如烟。
即便枯萎也保留丰肌清骨的傲然,
玄之又玄。

3

我听见爱情,我相信爱情。
爱情是一潭挣扎的蓝藻,
如同一阵凄微的风,
穿过我失血的静脉,
驻守岁月的信念。

4

我相信一切能够听见,
甚至预见离散,遇见另一个自己。
而有些瞬间无法把握,
任凭东走西顾,逝去的必然不返。
请看我头置簪花,一路走来一路盛开,
频频遗漏一些,又深陷风霜雨雪的感动。

5

般若波罗蜜，一声一声。
生如夏花，死如秋叶。
还在乎拥有什么。

蒙 思

泰戈尔曾经访问过中国,这并不是一件十分久远的事情,但是记录下来的文字却很少,只能从破碎之言中寻找蛛丝马迹。1924年4月,泰戈尔在一番考虑与犹豫后,终于接受邀请,出访中国。在这之前,中国方面也曾经邀请过他来中国一叙,但实际上,泰戈尔并不想急匆匆地踏上一段并不轻松的旅途。他曾经给罗曼·罗兰写信,谈到过去出访中国的困境,他并不认为自己有什么资格给中国带来什么。作为艺术家,还是一个理想文化的传递者,一个诗人,似乎每一种身份他都不喜欢。

我们对泰戈尔的喜欢源自他的诗歌。但实际上,诗歌仅仅是其浩瀚思想中的一小部分,充其量占据其画面的一隅。我突然意识到泰戈尔来华的戏剧性——倒不是泰戈尔自身具有戏剧性,而是从接待他的人的身上倒是可以寻找到一种观察文化的角度。

泰戈尔来中国的第一站是上海,他的到来注定是一场喧闹的表演。季羡林老人的记述是这样的:"当时派代表到码头上去欢迎的有文学研究会、上海青年会、江苏省教育会、时事新报馆等机关团体,此外还有不少所谓社会上的知名人士。这些人各人有各人的打算,各人有各人对诗人的看法,这时都聚集在黄浦江边来欢迎远道而来的异邦老诗人。"

我们知道,泰戈尔这次访华引起了一场争论。并不是每个人都欢迎他的到来。这要从当时中国的情景和他自身的文化背景谈起。

泰戈尔1861年出生于印度孟加拉邦首府加尔各答的一个商人地主家庭,在印度是婆罗门种姓,应该说出生于高等级阶层,尽管到其父亲时代,家庭中落,但仍旧颇具势力。泰戈尔出生的时候,正值印度民族资产阶级逐渐形成的时期,对泰戈尔产生深远影响。泰戈尔生长在英国殖民主义完全统治印度的时期。这个时期,印度社会分化严重,矛盾重重。一方面,印度国内封建主义与殖民主义相结合,继续统治和压迫低等级人民;另一方面,新兴资产阶级和民族主义不断制造政治运动,反抗英国的殖民统治。

泰戈尔曾经留学英国,也曾接受印度传统教育,但显然时代已经摆不下一个宁静的书桌。1905年俄国革命的影响扩展到了印度,并促成了1905—1908年的民族独立运动。这一阶段泰戈尔也投身到轰轰烈烈的反帝爱国运动中,并写就了大量的爱国诗篇,歌颂人民群众的抗争运动。但因为他的政治倾向仍然是民族资产阶级的,他并不赞同直接破坏民族工业体制,而是希望通过建设和改造落后面貌,发展自己的工业,发展教育,改变国民贫穷和落后的面貌。这种建设性的主张与当时高涨的革命运动格格不入,印度民众也并不接受他的主张。此后相当长的一段时间,他隐退山林,脱离民族运动,埋头文学创作。也正是这一阶段创作的诗集《吉檀迦利》获得了诺贝尔文学奖。

从印度的历史来看,印度文化和思想从来就不是封闭的体系。我们今天所用的"印度"一词,实际上泛指南亚次大陆。中国古代所记述的"天竺"实际上就包括了现在的印度、巴基斯坦、孟加拉国,以及尼泊尔、不丹和阿富汗部分地区。而仅仅从南亚次大陆的地理位置划分印度文化的形成与发展,还远远不够。实际上,不论从内部结构还是外部影响,外在文明的影响都直接构造了其当今的文化遗产。伊斯兰文化第一个冲击印度文化,后来英国殖民印度190多年。在印度,神像一直是最具代表性的宗教信仰的表征。流传在印度各地崇拜不衰的是林加(一种石柱和塔)。伊斯兰教进入印度以后,摧毁了许多庙宇与神像,反对偶像崇拜,代替以严格的斋戒与一神信仰取代了印度的多神信仰,并将阿拉伯的图案艺术带进印度。

从泰戈尔的诗歌中,可以发现多种文化的交织影响。在《吉檀迦利》这部诗集中,一方面在表现"梵"的本质,一个世界本质性的存在;另一方面,自我既要保持独立性,又要与天地万物合一。在泰戈尔的思想中,梵我合一,我与非我合一,人与自然合一,其间的关系就是万物合一的关系,是调和与和谐的关系。所以泰戈尔的思想核心是"和谐",他以和谐的眼光观察事物,谈论现实问题,在他看来,真理的本质就表现在有限与无限的调和之中,表现在变化的事物与完美性精神的调和之中,所谓自由,就是"完全的自由在于关系之完全的和谐"。泰戈尔写道:"只要我一息尚存,我就称你为我的一切。只要我一诚不灭,我就感到你在我的四围,任何事情,我都来请教你,任何时候都把我的爱献上给你。只要我一息尚存,我就永不把你藏匿起来。"

因此,泰戈尔在看待俄国的民族关系、阶级关系、殖民关系以及东西文化的时候,都主张异中求同,主张协调是一切伟大文化的基础。但泰戈尔并不否认矛盾的存在,承认一切的矛盾促成自然、社会以及人的思维的发展变化，没有什么东西是一成不变的。而泰戈尔这种思想明显被我国的一些民粹主义学派所利用。

泰戈尔访问中国的时候，正是帝国主义侵略变本加厉的时候。经济危机，民不聊生，国内外资本家加紧剥削工人，军阀混战多年，农村经济破产，农民流离失所，阶级斗争日趋白热化。此时，一些落后势力声嘶力竭，宣扬泰戈尔思想中强调"和谐"的一面，为帝国主义与本国封建势力张目，口中念念有词，提倡什么东西方文明和谐共处，而对泰戈尔反对封建主义与帝国主义的思想只字不提。

鲁迅先生曾经讽刺林长民、徐志摩各个头戴印度帽子，烧上一炉香，介绍泰戈尔的时候说得他好像活神仙一样，让青年们如此隔膜，老大的晦气。在《三闲集》中鲁迅对徐志摩老大一番嘲讽，显然是不无一番道理的。显然，泰戈尔自己还不算糊涂，他的诗歌并不是终生与风华秋月为伴，脱离现实的白云清风——民族的未来仍旧是他实践与关注的重心。

诗 说

笔者这几年的生活，发自内心的回想是，我们的生活真是如急流急涌，奔突向前。世界在急速变化，中国尤其如此。谁还记得小时候吗？黄浦江对岸还是一片绿油油的农田，偶尔有机动车从浓密的树荫下突突走过。在天山新村的门口，总有一个老太太独自一人，坐在树荫蝉声里，身前两个大保温瓶，卖着1角钱一根的冰棍。在20世纪80年代，回趟老家浙江宁波，坐的是绿皮硬座车，一晃悠就是一晚上，总感觉火车走起来漫不经心，一点不着急。乡下的夜晚，是连绵不断的芦苇荡，蛙声一片，那景象更像是唐宋画家笔下的山水画。而如今这一切景象都非常遥远了。苏州河两岸早就看不到低矮的石库门、逼仄的老街，取而代之的是楼房灯光的眩晕。说起南京路上好八连，现在的孩子一脸懵懂，影影绰绰，像在听玄幻故事。就是对我来说，这些历史镜头也很难抓住我的内心，留存的仅仅是碎片化的不成样子的模糊影像。

我不知道应该怎样记录自己的生活，生活如流水般逝去，眨眼的光景就恍如隔世。泰戈尔说："夏天的飞鸟，飞到我的窗前唱歌，又飞去了。秋天的黄叶，它们没有什么可唱，只叹息一声，飞落在那里。"也许，我们只有通过相机镜头才能留下过去生活的蛛丝马迹。但是这并不能记录我们生活的一切，也很难展现对历史过往的评价。也许，我们的生活仍然不能没有诗意，尽管文字并不是对生活的纪实，但却是一种对生活的感悟。诗歌是我们心灵世界的另一个方面，亦如泰戈尔在捕捉生活的影子。

"今天早上短短的诗歌和小小的事情来到了我的心头，我仿佛在溪流上泛舟，经过两岸上的世界。每一段小景物都在叹息着说，我走了……我用渴望的眼光从我的心窗中向着世界的心凝望。"世界就在我们的心里。一片树叶也是一个世界。生的意义，如同璀璨的夏日之花，不凋不败，妖冶如火，承受着心跳的负荷与呼吸的累赘。我们欢笑于此，相濡以沫于此，更要安葬于此，这就是我们面前的世界。有些瞬间注定转瞬即逝，无法把握，逝去的必然不会再回来，任凭你走过，一路盛开。我猜想生命中必然有绚烂与辉煌，但终究生命要归于平静。

只要我们已经捕捉到了实实在在的生活，生如夏花就不是虚空。

乐　说

伊莱克特斯（Electus）是来自挪威奥斯陆的一名年轻的匿名制作人，原名Oliver。2012年开始制作音乐，令人惊讶的声音由此开始，他的曲风抑扬顿挫、意味深长，他通过自己的音乐表达自己内心的情感，而且每首曲子都和他的经历有关。

在他的音乐作品中，保留dubstep典型的重拍和chill-out的迷离纯净。dubstep以其黑暗色调、稀疏的节奏和低音上的强调著称，而chill-out往往节奏较为舒缓，常常运用缥缈虚幻的电子音效，营造一种舒缓释放的情境。两个看似水火不容的风格撞击出了矛盾而统一的chill-step，一个稍显冷门小众的流派，却比dubstep温柔治愈，比chill-out激动人心。

不仅仅是迷幻而已，而是在致幻的同时保留那一份冰冷电子鼓点带来的清醒感，矛盾冲突而张弛有道的低音节拍，结合连绵抒情的旋律，激荡出了全新的体验。

当夜晚来临，当我孤身一人，当我被人群隐没在庞大的城市潮水中，戴上耳机让自己被chill-step的音乐温柔地拥抱，我能想象到的都是宇宙事物、深海流水和了无人烟的银河系星球。闭上眼睛，安静聆听……

《阿斯加德》（*Asgard*）出自专辑*Imperium*，是整张专辑中最温柔的一首作品。在北欧神话中,阿斯加德(古诺斯语:Ásgarðr)是阿萨神族的地界,亦可称作阿萨神域,所有尊奉奥丁为主神的神明都住在这里。在聆听这首作品的时候,你能感觉到,自己已经接近了神迹。细细聆听,潜行进入神的领域吧(以下为海桑的《这世界如此喧闹》)。

> 这世界如此喧闹,你和我
> 不如将声音放得更低些
> 或者干脆用眼睛来说话
> 但这可不是什么伤心的事
> 因为他们是欲望,我们是爱
> 他们花样翻新,我们胆小笨拙
> 所以更多的时候,失败的将是我们
> 直到我们两手空空
> 只剩下善良和纯洁
> 那么,好的和坏的我们都收下吧
> 然后一声不响,继续生活
> 如此我们才能活得干净、自在,几乎接近幸福
> 如此我们才敢面对那些美好的事物,说:我爱着。

第二期

屈　原《九歌·少司命》
［日］梁邦彦《风之誓言》

九歌·少司命

屈 原

秋兰兮麋芜,罗生兮堂下。
绿叶兮素枝,芳菲菲兮袭予。
夫人自有兮美子,荪何以兮愁苦!
秋兰兮青青,绿叶兮紫茎。
满堂兮美人,忽独与余兮目成。
入不言兮出不辞,乘回风兮载云旗。
悲莫悲兮生别离,乐莫乐兮新相知。
荷衣兮蕙带,倏而来兮忽而逝。
夕宿兮帝郊,君谁须兮云之际?
与女游兮九河,冲风至兮水扬波。
与女沐兮咸池,晞女发兮阳之阿。
望美人兮未来,临风怳兮浩歌。
孔盖兮翠旌,登九天兮抚彗星。
竦长剑兮拥幼艾,荪独宜兮为民正。

蒙 思

  我们都不擅长道别，却又在不断经历着离别。爱情也好，亲情也罢，友情亦如是。"悲莫悲兮生别离，乐莫乐兮新相知"，很多人喜欢这一句，或是感动于神女的多情，或是沉迷于其中所影射的痛彻心扉的离情，又或是为那种氤氲着爱情信号的情爱故事所吸引。曾几何时，当我还是一个小女孩的时候，也曾向往着一份属于王子和公主纯真美好的爱情；偶尔也会为影视剧里一些生离死别、缠绵悱恻的爱情故事，扎扎实实掉下几滴泪来。小女孩儿的情思，如今想来，别有一番味道。而今，漫步人生旅途，经历了些人和事，再次从心底问自己：世界上最悲伤的事情可当属生别离？细思量，人生中令人悲哀和痛苦的事情实在多矣，佛经里道人生四苦：一是生老病死；二是求不得；三是怨憎会；四是爱别离。

  有关生老病死。记得之前在课堂上，老师给我们安排过这样一个测试，他在黑板上画了一条数轴，借以代表人的生命线，用原点"0"表示人的出生，端点"80"表示人的死亡。然后让我们把自己现在的年龄标注在数轴上，看看还剩下多长时间。如果说这个世界上只有两件事是明确的，那就是"出生"和"死亡"。首先，作为一个独一无二的生命个体，你已经活在这个世界上；其次，人终究难免一死，所有生命个体都是在"向死而生"。据说，全世界每秒钟大约出生4.3人、大约死亡1.8人；每分钟大约出生259人、大约死亡106人；每小时大约出生15 540人、大约死亡6 360人；每天大约出生37万人、大约死亡15万人。生老病死，每时每刻都在发生，都在人生这个大舞台上反复上演。

有关求不得。名利福寿，凡所欲事，求之不得，则生愁苦或愤怨。很多失意之人最喜欢念叨的一句便是，"命里有时终须有，命里无时莫强求"。有些人认为这是一种消极的处世态度，这些人年轻、热情、有理想、有抱负，他们不会轻易"认命"，他们执着于"人定胜天"。于是，在挫折面前，他们勇猛精进、奋勇拼搏，然而却被现实一次又一次残忍地击溃，鲜血淋漓的事实终于让他们明白了什么是生命的痛与绝望。最后，当生命的时间轴过半，才恍惚道，"苦心中，常得悦心之趣；得意时，便生失意之悲"。也许，"求不得"正是人生的常态，不是"所求"不能拥有，而是"所求"并不是最适合你的。不相信所谓的天定的"命运"决定了人生的运行轨迹；而相信每一个独立的个体都有自己的"命运"，人的性格、习惯、爱好以及每一个重大的选择，都会在这个错综复杂的时空网络中逐渐形成属于自己的人生。

有关怨憎会。人生之事不如意者十之八九，所谓的不如意者，多半就是怨憎会所引起的。比如，我们常常听到夫妻之间因为孩子而选择不离婚，继续凑合过日子，那么可想而知，在这对夫妻共同生活的日子中，总会生出许多怨恨和不满。又比如，你所处企业的上司和你气场不合，总是因为一些小事而产生一些矛盾，但你又必须每天和其共事沟通。长期压抑不满的工作环境便会生出许多苦闷和烦恼。如果说"生老病死"乃自然之事，"求不得"是"所求"并不契合你的"命运"轨迹，那么,"怨憎会"便是人生中那不可回避的苦痛。

有关生别离。谈及"别离",人们自然而然会想起"相遇"。那么,是否在人生这段有限的时间轴中,所有的相遇都是为了离别的那一刹那？是否经历了别离我们才更懂得"惜缘"。席慕蓉曾作诗《生别离》,"请再看/再看我一眼/在风中　在雨中/再回头凝视一次/我今宵的容颜/请你将此刻/牢牢地记住　只为/此刻之后　一转身/你我便成陌路//悲莫悲兮　生别离/而在他年　在/无法预知的重逢里/我将再也不能/再也不能　再/如今夜这般的美丽"。也许,在人生不同的节点处,别离的味道也大不相同。小时候,和儿时玩伴的别离,充满了懵懂和不解。那时候以为长大了就会重新遇见,未尝得离别的滋味,而今,那些玩伴只能出现在久远的儿时记忆里,悔不当初没有好好道别。后来,长大些,和朋友的别离充满了浓浓的不舍和伤情。慢慢明白人与人之间的羁绊如此深刻,又如此脆弱；慢慢懂得和自己和解,慢慢开始理解人生就是单行线,有些人注定只能陪伴自己一段时光,有些人注定只能好好说再见。再后来,父母离世,才终于品味到什么是真正的失去。失去至亲的悲痛,在这广袤的宇宙时空里,终究只余自己一人的孤独和怅惘。也终于,孤身一人到这世间,又孤零零一人离开这世间。

我以为,佛经里的人生四苦,其实也不过是这人生百态、酸甜苦辣的缩影。曾经,有一位伙伴认真地看着我的眼睛,对我说:"你还年轻,还可以尽情地去感受、去体悟这人世间的爱恨情仇与酸甜苦辣；这样的人生有温度,真够味。"耳畔仍回荡着她银铃般爽朗的笑声,于是,再次想起"温度"一词。

所有的烦恼和苦闷似乎都可以被消解掉，要过有"温度"的一生，要做一个有"温度"的人。该好好道别的时候，认真说再见；该拼命争取的时候，认真去挽留。无愧于心，不困于情，始终保持一颗清醒、诚挚的心，去温情地过好这一生。这样，是否"苦"也能变作"甜"呢？

诗　说

屈原（约公元前340—前278年）是一位伟大的爱国者、浪漫主义诗人；同时也是一位哲学家与玄学主义者。"悲莫悲兮生别离，乐莫乐兮新相知"，意思是在这个世界上最悲伤的事情莫过于活生生的别离，最欢乐的事情莫过于新相交的知己。传说中，《九歌》是大禹之子夏启从天上偷来的仙乐，虽然名字中有"九"字，但一共有11篇，主要描述了大量神灵与人相恋的故事。《九歌》记载的是楚国最主要的几位神灵，其中有两个司命，大司命和少司命。大司命掌管生死，少司命则掌管子嗣，是最贴近人类生活的神灵，所以最具有人情味。不同于大司命出场时"广开兮天门，纷吾乘兮玄云；令飘风兮先驱，使涷雨兮洒尘"的宏大场景，少司命只是温和地讲述了一段人神相恋的爱情故事。

"秋兰兮麋芜，罗生兮堂下。绿叶兮素枝，芳菲菲兮袭予。夫人自有兮美子，荪何以兮愁苦！"在这三句中，屈原提到了两种植物：秋兰、麋芜。一般而言，人们习惯用兰花来比喻君子高洁、典雅、忠贞的品德，但在这里屈原用"秋兰"来比喻"祈祷人们多子多福"的意思；而"麋芜"则是一种中草药的名字，主要用途就是治疗不孕症。可以说，开篇短短三句，便是借"芳草"来赞叹少司命的美貌，并暗示了生子的喜悦，充满了对美好生活的向往与祝福。同时，这三句是男巫借助大司命的口吻唱出，借此来歌颂少司命。中间三句是我最喜欢的部分："满堂兮美人，忽独与余兮目成。人不言兮出不辞，乘回风兮载云旗。悲莫悲兮生别离，乐莫乐兮新相知。"满堂都是美人，而我唯独与你互相注视，在彼此的眼底看到真实的自己。你乘风来时不着一言，载云而去时静默无声。我一遍又一遍的悲伤源自与你注定的别离，一遍又一遍的欣喜都是因为与你相知。对于这句的理解，大多数人认为这是少司命与参加祭祀妇女相遇时的情景，她看到祭祀典礼上人们的虔诚和礼教，心领神受，满意地乘风而去。她因认识了很多的相知，感到十分开心；而又因要与这些参加祭祀的人分别而悲伤。屈原此处将人的情感与女神相通，体现了少司命的多情。而在我看来，这种情感从古至今，依旧十分普遍。不仅仅存在于神与人之间，也极其细腻地表现了人与人之间那种幽微难言的情感，"相遇"和"离别"是这人世间永恒的主题。古往今来，又不知有多少诗句似要道尽这人世间的相遇与别离，"同是天涯沦落人，相逢何必曾相识"是知己间的惺惺相惜，"从别后，忆相逢，几回魂梦与君同。今宵剩把银釭照，犹恐相逢是梦中"是恋人重逢的感动，"蓦然回首，那人却在，灯火阑珊处"是发现爱人的欣喜……这无数感动的热泪和相逢的场景，代代相承，于不同时空处不间断地演绎着。

乐 说

梁邦彦，1960年生于东京，祖籍韩国，是在日本出生的第三代韩国人。1980—1985年期间，以编曲、监制、键盘手的身份参加了很多唱片的录制以及现场演奏。他的音乐以摇滚、爵士、古典以及世界各地的多姿多彩的音乐元素为基础，又以其纤细而富于透明感的曲风受到各方高度评价。统一的存在感与高度的音乐性，不仅在New Age音乐（新世纪音乐）大受欢迎的日本得到好评，而且在韩国赢得了很高的人气。

New Age兴起于20世纪70年代，风靡至今。它介于轻音乐与古典音乐之间，最大的特点是音乐的想象力空间非常大，大量加入民族音乐元素，使用民族乐器，并且大量运用电子合成器。而在此基础上，具有真正意义的是导入了前卫摇滚（即Progressive Rock，20世纪60年代中期至70年代中期流行的一种将欧洲古典音乐融入摇滚的音乐流派，与New Age颇有渊源）的富有创造性的音乐编配。

《风之誓言》是作曲家的早期作品，该曲收录在他1997年发行的第一张专辑 The Gate of Dreams 之中。以笛子作为主要演奏乐器，辅以打击乐和风琴等其他乐器进行烘托，曲中还有忽隐忽现的女中音，使得整首曲子有着浓厚的中国韵味。画面感非常清晰，让听者感觉自己置身在辽阔的中原大地上，一会儿能感受到江南的优雅，一会儿又能体会到高原的雄伟，古典的打击乐为音乐的基调创造了无限延伸的效果。

作品前半部分以竹笛为主，描绘出清新而又缥缈的高山流水之境，清脆而婉转，如微风轻踩过树叶，在竹林间缓缓穿行,越过树林边界,来到大漠戈壁,悠扬而深邃的梆笛,与女中音在黄沙中交汇,依稀从远处传来驼铃声,响彻这千年的磅礴大漠,笛子的主旋律随着心跳般的鼓点,直到末章才渐渐消失。作品最大的亮点在于人声和之后穿插的唢呐,人声悠远如同远古的天幕,而唢呐如同闪耀的希望之光,一发而起,再发而点亮四海神州,继而八方共鸣。

第三期

［英］查理·卓别林《当我真正开始爱自己》 方圆译
［英］查理·卓别林《蓝眼睛》

当我真正开始爱自己

[英]查理·卓别林
方圃译

当我真正开始爱自己,
我才认识到,所有的痛苦和情感的折磨,
都只是提醒我:活着,不要违背自己的本心。
今天我明白了,这叫做"真实"。

当我真正开始爱自己,
我才懂得,把自己的愿望强加于人,
是多么地无礼,就算我知道,时机并不成熟,
那人也还没有做好准备,
就算那个人是我自己。
今天我明白了,这叫做"尊重"。

当我开始爱自己,
我不再渴求不同的人生,

我知道任何发生在我身边的事情，
都是对我成长的邀请。
如今，我称之为"成熟"。

当我开始真正爱自己，
我才明白，我其实一直都在正确的时间，
正确的地方，发生的一切都恰如其分。
由此我得以平静。
今天我明白了，这叫做"自信"。

当我开始真正爱自己，
我不再牺牲自己的自由时间，
不再去勾画什么宏伟的明天。
今天我只做有趣和快乐的事，
做自己热爱，让心欢喜的事，
用我的方式，以我的韵律。
今天我明白了，这叫做"单纯"。

当我开始真正爱自己，
我开始远离一切不健康的东西。
不论是饮食和人物，还是事情和环境，
我远离一切让我远离本真的东西。
从前我把这叫做"追求健康的自私自利"，
但今天我明白了，这是"自爱"。

当我开始真正爱自己，

我不再总想着要永远正确,不犯错误。
我今天明白了,这叫做"谦逊"。

当我开始真正爱自己,
我不再继续沉溺于过去,
也不再为明天而忧虑,
现在我只活在一切正在发生的当下,
今天,我活在此时此地,
如此日复一日。这就叫"完美"。

当我开始真正爱自己,
我明白,我的思虑让我变得贫乏和病态,
但当我唤起了心灵的力量,
理智就变成了一个重要的伙伴,
这种组合我称之为"心的智慧"。

我们无须再害怕自己和他人的分歧,矛盾和问题,
因为即使星星有时也会碰在一起,形成新的世界,
今天我明白,
这就是"生命"!

蒙 思

如果说艺术创作规律有什么踪迹可循的话，也许我们可以追溯到童年时代的生活经历。孩子们永远是最具想象力与创造力的艺术家。孩子们最喜爱的莫过于游戏，通过游戏他们在创作一个属于自己的剧本，在这个剧本中，或者说在他们创造的新世界中，他们将按照自己的方式重新安排这个世界的秩序。但是，童年的经历不仅仅有游戏，成人的世界不断侵扰孩子们的生活，他们发现这个世界绝非自己可以设计的，尽管他们曾经非常认真地对待自己的游戏创作，倾注了大量的时间在自己的游戏世界里。终究，一切都将区别开来：什么是现实，什么是假想的事物，什么是可以触摸到的，什么是梦中才有的情景。

这些游戏世界，并不妨碍孩子们向现实世界靠拢，他们在现实中同样可以创造自己独具风格的角色。对于卓别林传奇的一生最有代表性的解读，来自后弗洛伊德主义的结论：卓别林童年和青年时期的遭遇直接影响了他喜剧创作的内容和风格。这种解释当然有足够的理由证明像卓别林这样具有鲜明特色的伟大剧作家，必然有着非同寻常的童年创伤期，以生成一种自传性质的影片风格。显然，这些影片的创作，并不是卓别林某种心理状态的产物，而在于我们如何构建他一生的完整过程与他的电影的关系。

从他创作的首部电影开始，"边缘人"就是其电影的主角。如同他童年时代或有或无的家庭教养，并不稳定的父子关系，或者说他从来没有得到过父爱，以至于自己做父亲时，完全不知道做父亲是怎么回事。他的影片或许是他早年遭遇不幸的一种演绎，但远非他作品的主要格调。

卓别林出生于英国伦敦的普通街区，甚至当地没有保留下他确切的出生证明。父母都是剧团演员，父亲长期在剧场以演奏为生，后来因为婚姻状况成为一个酒鬼，离家出走，30多岁就死去了。卓别林的母亲独自抚养两个孩子，但是健康状况堪忧，后来患上了精神分裂症，并不能继续照顾她的孩子们。

但童年在卓别林的心中仍旧是神圣、宁静与富足的："在那些日子里，伦敦的一切都是那样从容不迫。动作的节拍是从容的；甚至那些马拉着有轨的车，沿威斯敏斯特桥路跑下去时，也踏着从容的步子，然后，到了桥边路尽头，在那旋转盘上，也从容不迫地拐过弯去。记得在母亲走红的那些日子里，我们也住在威斯敏斯特桥路。那儿的人都显得欢欣而和蔼，街上都是一些吸引人的店铺、酒馆和音乐厅。路拐角上对着桥的那家水果店里陈设得五光十色，铺子外面也都是排列得整整齐齐、堆得高高的水果：橘子、苹果、梨和香蕉，而这就跟河对面那座庄严灰暗的议会大厦形成了鲜明的对照。这就是我童年时代的伦敦，这就是我情感渐萌、思路初开时的伦敦。记得那春光明媚的兰贝斯；记得那些琐微细碎的事情；记得怎样和母亲坐在公共马车顶层上，我试着去触那掠过去的紫丁香树枝；再有那些扔在有轨马车和公共马车站附近人行道上的车票，五颜六色：橘黄的，蓝的，粉红的，绿的；再有威斯敏斯特桥路拐角上那些脸色红润的卖花姑娘，她们正在做一些鲜艳的纽扣眼插花，灵巧的手指拨弄着闪亮的锡箔和颤巍巍的羊齿草；再有那些刚洒过水的玫瑰花，它们在润湿中散发着香味,勾起了我迷离恍惚的忧郁;再有那些令人感到抑郁寡欢的星期日……"

幸福的生活消失以后,卓别林不得不出外谋生,查理10岁的时候就已经成为一名专业的舞台剧演员,在随后的日子里,他还做过花童、理发店员、报童和印刷厂小工。这样的生活直接影响了卓别林日后的创作题材,众多悲剧命运的小人物成为喜剧中的核心人物。在日益城市化与工业化的美国,传统社会逐渐崩裂,也造就了美国梦与城市以个体身份为主体的小人物世界。这种底层人的、作为外来者的社会经验同卓别林的生活处境如此接近。城市的生活具有极大的吸引力,似乎给予每个人极大的自由,这种城市身份构建了作为移民的美国梦幻生活的基础。而卓别林的阶级出身、社会出身,无疑让他看到了城市生活的另一面。从《淘金者》中的流浪汉到《摩登时代》中的工厂工人,从《城市之光》中的卖花女到《大独裁者》中的理发师,每一个角色都有他自己无法忘记的少年回忆——双亲饱受酗酒、精神分裂、贫困生活折磨的阴影。卓别林就像游乐园中的演员,在这些边缘人中间长大,又在舞台中央重新创造自己。

显然,城市个体身份和资本主义经济的繁荣发展,加快了社会贫富分化的到来。好莱坞一面在制造美国梦的荒诞喜剧,另一面则在掩盖城市生活的阴暗面。从没有人觉得卓别林的戏剧是一种标新立异的后现代美学实验,他本人从不赞同所谓后现代戏剧的先锋实验。喜剧从来都是剧中人物眼中的世界与故事,是自主呈现的假面舞会,无论是预先设计还是即兴发挥,都必须遵守一个基本原则:演员必须伪装成自己在场,而不是颠覆和破坏叙事过程。卓别林塑造的小人物从来都是让人怜悯的、无须隐藏自身状况的自觉的叙述者。

　　这样的角色设定让卓别林备受争议，对底层人物真实处境的描绘，对大资本家无情的剥削的揭露，直接引发了美国保守资产阶级的警惕，美国联邦调查局曾长期跟踪和监视卓别林的行踪，但都没有发现确凿的证据指证卓别林支持共产党和苏联。而这种不信任感和不安全感使得卓别林极为抑郁。他那特有的忧伤的眼神极容易让人产生消沉的情绪，但他宁愿掩饰自己的痛苦，无规律的工作环境、阵发性的烦躁不安、失眠、头痛，以及各种不正常的情绪，不引起别人的注意——他成功了，人们只是觉得这是每一个现代都市人的通病，却不知道卓别林艺术创作不为人知的基础，一种既对阶级对立、法律权威虚伪的揭露，又对自己保守主义的爱情、温情与自尊的妥协。

　　这些矛盾与自知往往阻碍了卓别林成为一名改革家的可能性，资产阶级的人道主义终于难以超越自身的局限性，只能变成取悦自身的、随机应变的一种姿态。

诗　说

　　生活中总有许多令人发笑的故事，有些是因为故事内容令人发笑，有些则是叙述者转述的时候令人捧腹。所有这些故事各种各样，叙述手法千奇百怪，但是当我们认真思考令人发笑的原因的时候，问题则变得复杂了。

　　我们逐渐发现一个基本的事实，发笑本身并不是叙述性的，令人发笑的也并不总是语言。正如卓别林的喜剧一样，他实际上使用的是一种"表情符号系统"，这一符号系统先于语言而存在，正是这一符号系统的存在，我们才能理解对象本身引人发笑的原因。

如果说喜剧满足了人们的某种需要，一般是说喜剧利用一种幽默与夸张的动作、行为与语言满足了观众的某种心理需求。为什么我们需要从喜剧中寻找发笑的内容，而不是生活本身令人开怀大笑？卓别林在《一个国王在纽约》中写道："生活中有不少小烦恼。"生活中"烦恼"令人烦闷，令人忧伤，而喜剧电影却通过喜剧艺术手法推进了人们对悲剧与苦痛人生的认识。

世界上并不存在一本"形象字典"，即使是最单纯的一个影像也依赖于我们现实中的诸多惯例与成规。尽管许多艺术家追求实现创造力的突破，但如何超越现实生活的设定，去突破默认的艺术规则，首先还是要了解现实生活，艺术与生活的关系，而不是一味地追求表现形式的创新，追求影像的奇观效果。

在默片时代，卓别林是一位电影艺术大师。在有限的时空结构中，卓别林自身就成为一个叙事连续体。默片时代的表演艺术极为经典与珍贵，对表演者的艺术表现力要求极为苛刻。只能通过在有限的时间、空间序列中极大地夸张视觉叙述冲击力，才能最大限度获取观众的认可与赞同。在《摩登时代》这部电影中，我们并不知道故事发生的时代背景，但是却能通过卓别林在生产线上的疯狂工作，寻找到美国经济大萧条的蛛丝马迹。面对工厂管理层的压榨，卓别林每天做的事情就是昏天黑地的拧紧六角螺丝,结果发展到在他的眼中,唯一能够识别的物件就是六角形纽扣,只要看见六角形的纽扣他就会情不自禁地去拧,异化劳动的形象栩栩如生,难以磨灭又引人思考。

卓别林描述的这些小人物的癫狂,这些朴实无华的故事不仅仅是引人发笑的消费品,正如卓别林在诗歌《当我真正爱自己》中写道:"今天我明白,这就是'生命'。"

乐　说

查理·卓别林(Charlie Chaplin,1889—1977),生于英国伦敦,英国影视演员、导演、编剧。提起卓别林,大家都会想起那个头顶黑色小礼帽、穿着一套不合身的黑西装、穿着大头鞋、拿着手杖怪异地走着的人;噢对的,还有那一小撮滑稽的胡子——这便是人们所熟悉的喜剧大师卓别林的经典角色造型。

这位名满天下的喜剧大师以诙谐的黑白默片为大家所熟知,在第1届和第44届奥斯卡上获得了荣誉奖。奥斯卡史上最长的全场起立鼓掌5分钟致敬,便是献给他的。但有人也许会忽略,他是一名出色的音乐家,他作品的配乐几乎全是由他亲自创作的,他在第45届奥斯卡凭借《舞台生涯》获得了最佳配乐奖。

可以说,卓别林不仅是公认的喜剧电影大师,还是一位电影配乐大师。法国著名作曲家德彪西曾赞叹道:"卓别林是一个天生的音乐家和舞蹈家!"

父母都是职业歌手,卓别林从3岁起就显露出音乐才华,从小学习各种乐器演奏,16岁开始,每天坚持练习4—6小时小提琴和大提琴，他曾尝试将小提琴的琴弦反转过来，这样就可以在剧场演出时用左手拉琴表演节目。

卓别林很早就注意到音乐在电影中的表现，并利用音乐来描绘场景，进行时空过渡。他的电影创作跨越无声电影和有声电影两个时代，其成就主要集中于无声片时期。由于当时的影片没有声音，音乐就成为弥补视听缺陷的特有方法，最常见的就是请一位乐师坐在银幕边，根据电影情节演奏现成的曲子，比如用管弦乐的强音来表示打击声、摔门声、关窗户声或打雷声等。如果银幕上男女主角互诉衷情，就配上某段经典歌剧里的二重奏来表现爱慕之心。

卓别林的音乐事业似乎远没有电影事业顺利，他的音乐公司在发行了他三首音乐作品：*Oh! That Cello*、*There's Always One You Can't Forget*、*The Peace Patrol* 之后就关门大吉了。电影成为他主要的事业，于是他在1918年成立了自己的电影工作室，亲自制作出品自己的作品。

往后，他便常常为自己的电影配乐并创作主题曲，然后将其与电影一同发行。在电影《淘金记》发行时，他与 Abe Lyman 交响乐团一起为电影录制了主题曲。他喜欢亲自为电影配乐的感觉，这能使电影表现得更为真切。在他心中，没有什么事能比第一次听到自己的作品被50人交响乐团演奏出来时更激动人心的了。

卓别林曾这样说过："在我的整个影片中，音乐和主旋律将变成动作的主要基础，和戏剧性表演本身具有同等的重要性。"所以，他电影中的曲调、节奏与画面反映的环境和情节、人物心理完美配合，音乐往往贯穿影片始终。

第四期

［葡萄牙］费尔南多·佩索阿《当虚空留给了我们》 杨子译

［西班牙］卡洛斯·努涅兹《黎明破晓》

当虚空留给了我们

[葡萄牙] 费尔南多·佩索阿
杨子译

当虚空留给了我们,此时
那哑默的太阳
是愉快的。林中的寂静
是大片无声的声音。

微风笑够了。
某人正在把下午忘掉。
模糊的东西敲打叶簇
却不碰晃动的树枝。

忍受希望是意味深长的
就像一个故事要用歌唱出来。
当森林陷入寂静
森林便开口说话。

1932年8月9日

蒙 思

习近平总书记在纪念马克思诞辰200周年大会上的讲话中指出:"学习马克思,就要学习和实践马克思主义关于文化建设的思想。马克思认为,在不同的经济和社会环境中,人们生产不同的思想和文化,思想文化建设虽然决定于经济基础,但又对经济基础发生反作用。先进的思想文化一旦被群众掌握,就会转化为强大的物质力量;反之,落后的、错误的观念如果不破除,就会成为社会发展进步的桎梏。理论自觉、文化自信,是一个民族进步的力量;价值先进、思想解放,是一个社会活力的来源。国家之魂,文以化之,文以铸之。我们要立足中国、面向现代化、面向世界、面向未来,巩固马克思主义在意识形态领域的指导地位,发展社会主义先进文化,加强社会主义精神文明建设,把社会主义核心价值观融入社会发展各方面,推动中华优秀传统文化创造性转化、创新性发展,不断提高人民思想觉悟、道德水平、文明素养,不断铸就中华文化新辉煌。"

正如习总书记所指出的,马克思主义关注的不仅仅是政治问题,文化问题同样是马克思以及马克思主义学者关注的重要问题。那么当代的青年应如何学习马克思主义呢?这一直困扰着当代马克思主义研究及相关从业人员。作为一名大学思政工作者,笔者倒是可以从自己的学生工作与校园文化建设上谈一些自己的想法。

今天,高校中的青年学生对马克思以及马克思主义的漠视与无视令人悲哀，虽然这与我们之前的政治生态有关，但显然更多的与我们长期以来对马克思主义的认知与实践机械化、庸俗化、去历史化有关，也没有认识到马克思主义与时俱进的一面。若要简单地讲，马克思无非想要告诉我们三点：历史是生动与向前发展的；现实是对立与统一的；人是要有理想的。概括起来简单，但想说清楚，做个有效的论证，并不容易。我想这三点并非完美无缺。但身处马克思所在的年代而能提出这样惊世骇俗的观点，是需要惊世骇俗的勇气的。

《共产党宣言》被认为是"19世纪最具影响力的作品"。与过往的神学、政治学以及科学著作相比，毫不逊色的是其在改变人类思想进程中发挥的决定性作用。以往的哲学家与理论家所建构的思想很少被实现过，社会主义无疑是"有史以来影响最为深远的社会改革运动，也是第一个不限于某个特定团体，不分种族、国别、宗教和文明的所有人支持的思想潮流"。笛卡尔曾设想过公民自治政府，柏拉图对应该由哲学家建立理想国念念不忘，而黑格尔同样希望自己的理论能够指导组建工会，但从对人类普遍性的理解上，对资本主义世界体系的破坏性上，对资本主义制度的理论批判性上，马克思的理论似乎从没有过时。

马克思的思想似乎从来没有离开过我们的视野，甚至已经成为空气一般的自然存在，以至于把它作为一种过去的历史存在而忽略了。直到我们的经济出现问题，一种历史现象的重新上演，就像资本主义从来只会用个体的成功幻想，麻醉掩盖自己终将成为一种落后的社会制度被淘汰。马克思第一次提出"资本主义"作为社会制度，他试图向我们展示它的过去、现在和它可能的结局。同样马克思对亚洲农耕社会的研究，揭示出了一个一直被人所忽视的事物：''亚细亚生产方式''。我们不能说马克思的这种解释有多么完美，但他确实给我们留下了关于美好社会制度的设想的宝贵遗产，值得我们尊重与珍惜。但当我们的社会生活被''异化''所统治，我们的文化鼓吹消费、享乐与虚无主义日益严重的时候，被''商品化''的我们正逐渐失去自身存在的意义与价值，我们需要重新正视马克思富有成果的讨论。

马克思的时代过去了吗？是的，马克思生活的时代早已不存在。马克思主义结束了吗？显然，在当代社会生活中，马克思主义还是有些用处的。在阶级矛盾激化的时代，在一个工业化，一个以数量庞大的工人阶级为标志的时代，马克思的拥护者们普遍面临的一个难题是如何才能不用成为一个马克思主义者。如果在马克思逝世后200年的今天，仍旧有马克思主义者和女权主义者，这是否意味着我们的生活还不够美好？

当然，是不是马克思主义能够解读我们社会生活的一切现象呢？显然马克思主义本来就不是一个全面的哲学体系。马克思在《共产党宣言》中最著名的宣言是：''一切社会的历史都是阶级斗争的历史。''那是不是我们每天的生活意义就是为了阶级斗争呢？如果我们今天观看了世界杯的一场比赛，或者说我今天买了一部新的手机，这些事件是否构成历史的一部分？世界女权主义的斗争与阶级斗争的历史有着难以割裂的合作关系，但女权主义运动并不是阶级斗争的一部分，阶级斗争显然不能包罗万象。即便马克思主义不能告诉你如何酿造啤酒，世界的本质到底是什么，关于爱情、死亡和生命的意义也并不是马克思主义讨论的主要问题,但马克思的叙述是十分宏大的,从文明开始到未来共产主义的想象,甚至是关于现代科技可能产生的后果——当然,科学的历史与阶级斗争的历史紧密相连,但并不是阶级斗争的历史。正如马克思所说:"在技术工业社会一切旧的价值都被动摇了,被相对化了,只有交换价值是相对稳定的。"我们可以维持这样的想法:阶级斗争是对人类社会的基本判断,在历史进程中发挥了决定性的作用,但并不是历史的全部内容。

习近平总书记说:"马克思的一生,是胸怀崇高理想、为人类解放不懈奋斗的一生。马克思的一生,是不畏艰难险阻、为追求真理而勇攀思想高峰的一生。"

此刻,我们仍可信守马克思主义以抵抗"虚无"。

诗　说

我总是习惯于一个人坐在书桌前发呆,特别是在洒满阳光的午后。就那样静静地坐着,并幻想着这个世界是虚空的。虚空有什么不好?葡萄牙诗人、作家费尔南多·佩索阿(1888—1935)说:"微风笑够了。/某人正在把下午忘掉。/模糊的东西敲打叶簇/却不碰晃动的树枝。"看来,想把午后忘记的人,并不只我一个,特别是在热气腾腾的夏日午后。如果说有什么东西能把我从枯坐的午后碰晃醒,也许是只有我自己能听得见的声音吧。窗外是被阳光炙烤的明晃晃的梧桐树,散乱的书桌上,书籍、杯子也被填满了柔和的光亮。慢慢地我能听见远处奔驰而过的车流声,能听见屋子里钟表滴滴答答的走动的声音，我知道自己的心理由寂静空荡开始走向骚动，我想到自己应该可以做点什么。但终究还是坐着，太久的努力还未到终点，想来是不想告别一段过去，展开一段不可预知的前程。虚空来得正是时候。

　　加缪说，诞生在一个荒谬的世界上，唯一的职责是活下去。这意味着我们不论遭遇到何等困境，都不能以生命的代价取而代之。但我们可以把一段生命历程埋葬心底，期待忘记过去，以探索一段无拘无束的和无穷无尽的浪漫之旅，正所谓"戴着枷锁跳舞"？我到底还有什么放不下呢？放不下的正是对待生活的激情，一切都可以消退，一切都可以被压抑到虚空之中，但同时，激情也可以随时四处飘荡，寻找对抗自我的机会。

　　于是，在我寂静的屋子里面，在布满游移的寂静之中，从虚空之中升起的是一种释放之后的充实。我开始凝神于放置已久的故纸堆，在那些布满阳光的散乱的书籍下，在我僵硬的身体周围，渐渐出现了许多影子。这些影子并不是虚无缥缈的，而是真实可见的，就如同另一个自我一样，就是从前的、被我遗忘了的、有些早已经逝去的记忆。现在，我要认真地去追想过去与未来的关系，把我的激情释放到那些需要整理的记忆与文字当中。

　　在这个阳光灿烂的午后，昼夜没有休止，这是幸福的云游呢，还是永恒的苦役？我知道自己从没有放弃对美好生活的想象，在历史的重轭下也不可能洒脱，但我依旧在坚实的大地上努力奔驰。

乐 说

卡洛斯·努涅兹（Carlos Nunez），1971年出生在西班牙的Vigo，加利西亚（Galician）翠绿的山峰和丰富的传统人文内涵滋育着他。努涅兹的家乡在西班牙西北海岸，那里是世界上未被发掘的凯尔特地区，他从小就继承了家乡自古流传下来的丰富的人文传统。加利西亚翠绿的山峰与低谷，它的高耸的悬崖，它的古意盎然的小礼堂和斑驳的十字架，它的诗意的薄雾和如画的古树林，还有它的神话传说，这一切时常令造访这个城市的人产生如同置身于爱尔兰而不是西班牙的错觉。

努涅兹8岁时选择了西班牙风笛也就是加利西亚风笛作为自己的终身伙伴而开始了自己的职业音乐生涯，他现在被认为是世界上最棒的风笛大师之一，也被认为是苏格兰和爱尔兰音乐家中的权威。

通过天赋以及勤奋，努涅兹成了加利西亚音乐的传播者。凭借如Hendrix那样的本土风笛，他研究其传统及发源，成为西班牙最知名的音乐家，并成为支持加利西亚音乐传统重构的重要力量。浪漫的西班牙的北部地区通常被认为是加利西亚音乐的世界，努涅兹发现，就如同其他海岸，因与爱尔兰、苏格兰的紧密联系，其音乐被带入了flamenco甚至北非和中东风格。在法国，西班牙的本土音乐是受到压制的。而flamenco作为一种舶来品，成了这个国家的音乐。努涅兹曾告诉自己："卡洛斯，你的生命从此将交给凯尔特音乐，延续传统文化。这是正确的选择，直到永远。"

《黎明破晓》（Dawn）出自专辑 *Music Legend: Carlos Nunez*

Brotherhood of Stars，专辑音乐风格出尘悠远，诗意苍凉，是世界顶级风笛大师的天籁之音。风笛是爱尔兰音乐中最美丽的女神，努涅兹这次特别使用来自加利西亚博物馆有数百年历史的古风笛，在喉间唱响灵魂的歌声。千年文明的回音，渺茫未来的怀想，震颤稚子心扉的远古的秘密，使永夜黯然失色的晨歌，令死亡陷入安眠的歌谣，矛盾两极的和谐，每一首歌都是吐露芬芳的秘密之花……

第五期

［法］夏尔·皮埃尔·波德莱尔《黄昏的和歌》 陈敬容译
［法］莫里斯·拉威尔《波莱罗舞曲》

黄昏的和歌

[法] 夏尔·皮埃尔·波德莱尔
陈敬容译

时辰到了。在枝头颤栗着,
每朵花吐出芬芳像香炉一样,
声音和香气在黄昏的天空回荡,
忧郁无力的圆舞曲令人昏眩。

每朵花吐出芬芳像香炉一样,
小提琴幽咽如一颗受创的心;
忧郁无力的圆舞曲令人昏眩。
天空又愁惨又美好像个大祭坛!

小提琴幽咽如一颗受创的心,
一颗温柔的心,它憎恶大而黑的空虚!
天空又愁惨又美好像个大祭坛,
太阳沉没在自己浓厚的血液里。

一颗温柔的心,它憎恶大而黑的空虚,
从光辉的过去采集一切的迹印!
天空又愁惨又美好像个大祭坛,
你的记忆照耀着我,像神座一样灿烂!

蒙 思

放弃清晨意味着什么？

也许意味着你不曾看见城市的拾荒者。在波德莱尔的散文中，18世纪巴黎的"拾荒者"是重要的一种形象，我们把他剪贴下来是这个样子的："古旧的郊区中心，泥泞的迷宫，人烟稠密又拥挤，孕育着暴风，风吹压着火苗，把玻璃罩敲打，在这盏路灯的红色的光亮之下，常见一个捡破烂者，跌跌撞撞，摇头晃脑，像个诗人撞在墙上……是啊，这些人饱尝生活的烦恼，被劳作碾成齑粉，为年纪所扰。巨大的巴黎胡乱吐出的渣滓，被压得啊弯腰驼背，精疲力竭，他们又来了，气味如酒桶一般，跟着一些久战沙场的老伙伴，小胡子耷拉着像古旧的军旗，战旗，花饰，还有胜利的弓矢。"

也许意味着你不曾看见一个致力于精神劳作的人："绝对不是那种画片上的美媛，那种无聊时代的变质的产品，脚踏高帮皮鞋，指上玩着响板，能够满足像我这样的一颗心。我还给伽瓦尼，萎黄病的诗翁，他的那些病院美女、嘈嘈群氓，因为这些苍白的玫瑰花中，没有一朵像我那红色的理想。"

也许意味着你不能看见那些变戏法的和流动商贩，一大早期盼着补偿一年不好的日子："在那一头，在一排板棚的尽头，我看见一个可怜的卖艺人，他好像自觉羞愧，自己逃离了一切华丽的东西，驼背、衰弱、老朽，简直是个废人，靠在自己的破棚子的一根柱子上。那是一个比最愚蠢的野蛮人的棚子还要可怜的破棚子，两个蜡烛头儿，流着油，冒着烟，更照出了破棚子的穷困。"

如果你放弃了早晨,意味着你已经被未来抛弃,意味着你仍旧过着孤独陈旧的日子,和昨天一模一样,永远轮不上新的,这个"新"永远是旧的。波德莱尔的诗歌在某种程度上是陈旧的破坏者,他总是把对过去的思考和现在碾得粉碎,在一个个令人震惊的形象中思考现代的主题。可能海德格尔形而上的语言更能直截了当地给予波德莱尔一个准确的评价,波德莱尔是更深入地到达命运绝望处的人,是一个冒险者,用自己的冒险潜入存在的深渊,并用自己的歌声把生活敞露在资本主义世界的中心。

波德莱尔积极运用意想不到的意象,有计划地描绘资本主义资产阶级蓬勃发展下的不一样的巴黎景观。在这个资产阶级人造的空间中,权力欲望如同穷人一样,无处不在,但却找不到解决问题的办法。巴黎街头的白天是流浪汉、捡拾垃圾者、人群、香舍丽大道、拱廊街与琳琅满目的消费品,晚上巴黎则摘下了它精致的面具,黑暗下蠢蠢欲动的是路易·波拿巴及其走狗、密谋家、醉汉以及游荡者。寓意就在一系列的影像之中清晰地呈现出来,这些隐喻的形象大多重叠并反复出现,在一种繁复叠影中扩展了隐喻的疆域,在此,隐喻成为事物与事物之间的真正关系。如果说寓言是波德莱尔的灵魂,隐喻则是他使用的语言学,两者相互勾连:在赋予叙述对象一种寓意的时候,伴生了带有丰富个人体验的隐喻。可以说,隐喻是寓言成型的一把钥匙,在《巴黎的忧郁》中,波德莱尔毫无顾忌地描述一个又一个差异性的事物,这些事件彼此相连,构成了一种无法调和的紧张关系。在波德莱尔看来,巴黎都市的竞争与张力关系是无法调和的,一方面是都市迅速发展出来的现代性的审美方式,另一方面是他开始关心这种病态的生产方式,一种精神与资本主义生产方式的紧张关系。

在《七个老人》中,波德莱尔写道:"拥挤的城市!充满梦幻的城市,大白天里幽灵就拉扯着行人!到处都像树液般流淌着神秘,顺着强大巨人狭窄的管道群……有些人在嘲笑我的焦虑不安,有些人未曾感受到友爱的战栗,让他们想想吧,尽管衰朽不堪,这七个丑怪却有永恒的神气!"诗人仿佛被难以描绘的力量所牵扯,在持续的怀疑与猜解中试图把握住存在的意义,一种异质的、年老的、乖张的力量充斥着这个世界,诗人一直徘徊在梦境与现实之中,在逃避与清醒中拼命维持着自我的世界。这是一个什么样的世界——在某一刻,我们似乎找到了马克思主义与现实主义的交叉点,尽管波德莱尔一直被当做象征主义诗人来看待。事实上,波德莱尔很清楚巴黎现实中的情况,他只不过通过隐喻的方式描绘出"樊笼"般受到都市现代性困扰与束缚的人类的命运。波德莱尔希冀的是一种救赎,能够逃出樊笼,过上一种单纯的生活。

人并不一定需要一座城邦。波德莱尔的人生信条是"为艺术而艺术",注定了他生硬的对底层人民与革命的理解,或者说他对贫民的感情基础是脆弱的。正如他对法国大革命的理解:"我说'革命万岁'——正如我说'毁灭万岁、苦行万岁、惩罚万岁'。""要从两个方面来感受革命!我们所有人的血液中都有共和精神,就像我们所有人骨头里面一样,我们都有一种民主的传染病。"波德莱尔的表达与其说是赞同革命，不如说是一种形而上学的情感宣泄。在总结《恶之花》那首残缺的"致敬巴黎"一诗中，现实主义在浪漫主义的夕照下，拖着长长的影子，徘徊在波德莱尔身边。现实主义始终是波德莱尔无法摆脱的踩在脚下的一块坚实的土地。他极力想甩掉，但终究只能与其和平相处。

1857年，《恶之花》受审，在起诉书中，检察官写道："波德莱尔的原则似乎是描绘一切，暴露一切，尤为善于夸大丑陋的一面，这种描写完全是为了使人印象深刻和感觉强烈而已"，强烈要求法官惩罚这个"刻画一切，描写一切，讲述一切"不健康的狂躁分子。在这里，"现实主义"一词显然充满危险，实属非同小可，因为他打碎了自以为"最高尚、最完美、最道德"的资产阶级的伪善，并让这些人感到非常地愤怒和恐惧。波德莱尔并不惧怕"现实主义"一词，这使得现实主义在波德莱尔的研究中处于一种表面上的矛盾。

这并不难理解，正如在那本散文诗集《巴黎的忧郁》中所写的那样，现实主义永远是历史的一部分，永远难以被剥夺，也不能被纠正，因为生活就是如此。

诗　说

我们每一天是怎么度过的？法国19世纪最著名的现代派诗人、象征派诗歌先驱夏尔·皮埃尔·波德莱尔（1821—1867）有段意味深长却颇为平淡的回忆："我在旅行。我处的风景雄伟而壮丽，不可阻挡，毫无疑问，就在那瞬间有什么东西进入到我的灵魂。我的思想四处飘荡,轻灵如空气,我的心情有如我头顶的苍穹一般广袤而纯净。"可以想见,诗人在提醒我们,每个人都是尘世的一分子,我们能做的就是守护我们的家园,以虔诚的心态看世界,向自然学习谦卑。

波德莱尔在《巴黎的忧郁》中写道:"终于一个人了!只听见几辆迟归的、疲惫的出租马车在行驶。终于可以沉浸在黑暗之中了。首先把钥匙旋上两圈。我觉得这一转增加了我的孤独,加固了我和这个世界分离的障碍。"在波德莱尔生活的拿破仑三世统治下的法兰西帝国,巴黎和国家都发生了翻天覆地的变化。这些变化一方面是城市景观的巨大变化。拿破仑三世进行了一系列野心勃勃的市政工程改造计划,包括把街道拓宽,这样再设置法国大革命期间那样的街垒就比较困难了,整个城市的景观也开始变得更加商业化,尤其是商业拱廊街的建设,整个城市一副晦暗不明的样子。

波德莱尔的风格如同这个城市的奇特风格一样,既开阔整洁,又隐晦不明,一种融合了拉辛与法兰西第二帝国的不协调性。这种不协调性也在他身上表现出来。这构成了他诗歌的双重性:一方面为了把文学从既有的一切道德中解放出来,过分宣传了小资产阶级价值观;另一方面,他发现了城市资本主义之恶,一种现代城市带来的道德上的恶疾与痛苦,这种痛苦隐藏在他笔下的忧郁巴黎之中。

波德莱尔开始在自己的诗歌中对时代以及个人命运的处境进行洞察。他独特的思想方式和表达方式已经超出了同时代人的理解力。我们怎样从城市的丑陋中看到美?他给出的答案并不令人意外,"我们要有世界主义的天赋,我们应该改变自己,任由想象力带着我们翱翔,美本身就是很奇怪的,我们不能将美封闭在同一个体系里"。

波德莱尔太沉醉于自己的艺术创作之中了,他宣称"惊人就是幸福,美就是惊人的"。他发现巴黎的变幻莫测和喧嚣的人群始终是他诗篇最好的灵感,只有在巴黎才能找到他创作的源泉。他想拥有宁静的读书写作生活,但始终无法放下对城市生活的怀疑。

乐 说

莫里斯·拉威尔(Maurice Ravel,1875—1937),杰出的法国作曲家,出生在比利牛斯山谷靠边境的一个小城西布恩。父亲是个有瑞士血统的法国工程师,曾应聘去西班牙搞铁路建设,在那里认识了一位西班牙巴斯克地区的姑娘马丽·德劳特,他们结成夫妇。小拉威尔出生才几个月,全家迁往巴黎。三年后,添了弟弟爱德华。父亲爱好音乐,想培养两个儿子成为音乐家,结果只有莫里斯走上了这条道路。

拉威尔的生活圈子狭小,使得他的艺术天地有很大的局限。综观其作品,题材比较狭窄,作品的内容很少直接源自当时的社会生活,而多是对景物的描绘和表现童话、传说故事等,音乐中缺乏对生活的炽热的感情。这反映了19世纪末至20世纪初,在资本主义的社会矛盾日益尖锐化的状况下,一部分知识分子企图脱离社会现实的心理状态。

继德彪西的印象派作曲家的代表首先是拉威尔,在声音色彩的使用方法上,拉威尔全面地继承了德彪西的遗产,在钢琴曲和一部分管弦乐曲中,有时和德彪西的作品相似得几乎达到不可分辨的程度。然而德彪西的表现手法常常是暗示的,与此相反,拉威尔的作品在很大程度上加入了明快、正面的因素,一部分钢琴曲表现了回复到库普兰和拉莫的古典风格。他的代表作有《水之嬉戏》、由五首小曲组成的《镜子》、由三首小曲组成的《加斯帕尔之夜》和组曲《库普兰的坟墓》等钢琴曲。这些作品都是模仿德彪西的手法,管弦乐曲《波莱罗》已成为世界性的通俗乐曲。

《波莱罗舞曲》(Bolero)创作于1928年,是拉威尔最后的一部舞曲作品,是他舞蹈音乐方面的一部最优秀的作品,同时又是20世纪法国交响音乐的一部杰作。该曲是拉威尔受著名舞蹈家伊达·鲁宾斯坦委托而作。民间舞蹈风格的旋律是这部作品的基础。

"波莱罗"原为西班牙舞曲名,通常以四三拍子、稍快的速度、以响板击打节奏来配合,这种舞蹈常是气氛热烈、节奏鲜明。拉威尔的这部作品描述的是以下的舞蹈场景:在一家西班牙的小酒店里,人们三三两两地在喝酒聊天。这时一位妖艳的女郎跳起了轻盈的舞蹈。渐渐地,她越跳越有激情,并吸引了不少客人,他们也逐渐加入她的舞蹈。音乐越来越热烈,接近疯狂,而舞蹈的人们也进入了歇斯底里的状态,他们狂舞到最后,开始了疯狂的杀戮,直到大部分人都已经死去,舞蹈才停止下来。但拉威尔所作的这部舞曲,只是借用了"波莱罗"的标题,实际上是一首自由的舞曲,也是拉威尔为数不多的专为乐队而写的作品之一。

第四季

科技之路，万象更新

第一期

［英］西格夫里·萨松《于我,过去、现在以及未来》
余光中译
［英］爱德华·埃尔加《E小调大提琴协奏曲》作品85

于我,过去、现在以及未来

[英]西格夫里·萨松

余光中译

商讨聚会,各执一词,纷扰不息
林林总总的欲望,掠取着我的现在
把理性扼杀于它的宝座
我的爱情纷纷越过未来的藩篱
梦想解放出它们的双脚,舞蹈不停

于我,穴居人攫取了先知
佩戴花环的阿波罗神
向亚伯拉罕的聋耳唱叹歌吟
我心有猛虎细嗅蔷薇
审视我的心灵吧,亲爱的朋友,你应战栗,
因为那才是你本来的面目

蒙 思

苏东坡在评论唐朝诗人兼画家王维的诗歌《蓝田烟雨图》时说："味摩诘之诗，诗中有画；观摩诘之画，画中有诗。诗曰：'蓝溪白石出，玉山红叶稀。山路元无雨，空翠湿人衣。'此摩诘之诗也。或曰：'非也，好事者以补摩诘之遗。'"《文心雕龙》第二十八篇《风骨》中谈道："索莫乏气，则无风之验也。"都是在讲诗与画的创作关系。那么为什么有的诗歌被称为"诗中有画"的诗？诗歌与绘画到底有什么关系？"蓝溪白石出，玉山红叶稀"，"山路元无雨，空翠湿人衣"，"骏马秋风冀北，杏花春雨江南"，"杨柳岸，晓风残月"。我们无时无刻不在诗中感受到强烈的清气冷艳的画面感，即使诗人并没有刻意强调描绘有"意味"的画面，但我们却能脑补出这样的画面感觉。

以画入诗的创作手法，在中国传统的诗歌创作中非常普遍，但两者创作方式毕竟有别。以画家创作为例，一幅画作要想有"风骨"之味，或者说有某种与众不同的气韵，就要画出人与物的生气来，要画出人与物的生气就离不开某种创作形式的创新。文学（诗歌）创作同样需要写出人物的精气神来。要写活，写得有生气，生动，除了注重文学语言的修养之外，还需要情感的注入，注意抒情，"深乎风者，述情必显"。也就是说，要想写出感情充沛的文字，感情表达必须明显，"思不环周，索莫乏气，则无风之验也"。那么如何才能把情感表达充分呢？全面深入的思考，圆满周到的考量，加上丰富的情感表达、精彩的内容,似乎完美的作品就自动出现了。

苏东坡尝谓柳永词只合十七八女郎。这里苏东坡的意思是说,柳永的词过于阴柔,大概是为执红牙板的年轻歌姬所创作的,颇显得风骨不高。苏东坡显然为自己的豪迈风骨而倍感自豪。虽然这种划分有欠妥当,却也揭示出"沉吟铺词,莫先于骨"。有了想要表达的内容,并不能完成对风骨的塑造,还要"结言端直,则文骨成焉"。只有文辞正直,骨与风的关系才能匀称协调。作品是用文辞来表达自己在生活中的思想体验的,但并不是所有真实体验都可以成为文学作品的内容,人云亦云的就可以不必讲,若不是能暗示或启发人的内容,就算是一段很写实的内容,如果庸常琐碎,没有对内容进行提炼,便很难达到文骨正直和内容正直了。故"练于骨者,析词必精","捶字坚而难移",要每一字每一词都非常确切,这种"练字"的功夫是不可缺少的。有内容但表达不出来,不够生动,也不行。那么,有思想,有情绪,有条理,有逻辑,每一词句都能确切地表达出情感思绪,这样的作品是不是就完美理想了呢?这里面还有一层辩证关系。

宋朝文人晁以道说:"画写物外形,要物形不改;诗传画外意,贵有画外态。"这是在论诗与画的异同离合。诗中有画,但诗中所写的形态不能太抽象,要形象生动。画外意用诗来传达,才能圆满。《文心雕龙·神思》里谈到创作构思时说:"独照之匠,窥意象而运斤。"也就是说,以意为主,对意象做反复的加工,构成文思,才好进行创作。意象相当于我们头脑中的形象思维,形象思维来自我们现实中观察到的景物与生活。陆机说:"遵四时以叹逝,瞻万物而思纷;悲落叶于劲秋，喜柔条于芳春。"这里讲的"物"是指四时空间上变化的景物，还要加上不断轮回的悲喜感情。此外："观古今于须臾，抚四海于一瞬。"在时间上纵横古今，在空间上容纳四海，这就概括了广泛的生活。不论景物带上感情或是广泛的生活，都是物。

王安石在《明妃曲》中写道："意态由来画不成，当时枉杀毛延寿。"无论是诗人还是画家都想本着窥意象而为之，但往往弄巧成拙，意态尚且难以画出，更不用说画出诗人几句随手拈来的诗文了。景致的形象有限，但人的情思无限，以无限构思物色，以无穷的情思来写有限的景物，实在是诗文的一大优势。试想，达·芬奇用了四年的时间去描绘蒙娜丽莎的微笑，这种时刻变化的意态却是难以画出的。当然，在画作完成之时，却是能给予我们意与物的统一，有"物色之动，心亦摇焉"之感。正所谓："岁有其物，物有其容；情以物迁，辞以情发。""写气图貌，既随物以宛转；属采附声，亦与心而徘徊。"要想把图貌与心境都传达出来，在图像与心境的传达上，情绪甚于图貌。要不我们就很难从意态上把握具体形态，东施这么一个大活人效仿西施的情貌尚且失败，更何况画家粗糙的画笔。如果我们失去了古人诗句的新鲜生动，千古常新的描绘，那么我们也只有在想象中追求旧影了。正所谓："意授于思，言授于意，密则无际。""夫神思方运，万涂竞萌，规矩虚位，刻镂无形；登山则情满于山，观海则意溢于海，我才之多少，将与风云而并驱矣。""寂然凝虑，思接千载，悄焉动容，视通万里。"

从创作的构思到产生作品，最重要的是要有一个主旨。任何作品都是通过主题来传递文思的。根据这个主旨的要求,我们会掂量心中的文辞,先进行构思。主旨不确定,创作构思就没有方寸,哪些符合主题的要求,哪些不符合主题的要求,都不确定,也就难以运思了。实际上,在运思之前,要"积学以储宝,酌理以富才,研阅以穷照,驯致以怿辞"。因此,在创作之前的准备工作不可缺少。不仅要积累学识,明辨事理,虚心宁静,还要精神纯净。没有了私心杂念,神与物游,深入观察,仔细研究阅读,才能做到"谋篇之大端"。所以,从文思成熟到文辞表达,学识、经历、阅历一样都不能少。以至于能否打破创作的老规矩,实现新的创造,那实在是需要物心合一的大境界了。

诗 说

西格夫里·萨松(Siegfried Sassoon,1886—1967)说诗歌是个人激情与社会的碰撞,所以说很难通过强调诗歌的个人特质来强调诗歌的独特性,诗歌确实是很难通过分类确定它的审美意蕴的。如果说诗歌仅仅是个人情感的掌控与流露,就很难把它称为艺术作品。实际上,我们并不需要去评定什么样的诗歌是好的诗歌,因为诗歌并不是简单的词语组合,也不是深陷隐喻之中不能自拔,更多的时候,诗歌的组合形式是为了获取普遍性。这种普遍性正好揭示了被日常生活和社会现状所扭曲的不易获取的东西。而这种不易被人理解与接受的东西,也许正是某种深刻的、具有预见性的人类社会追求的终极价值。

在这首《于我，过去、现在以及未来》中，作者写道："于我，穴居人攫取了先知/佩戴花环的阿波罗神/向亚伯拉罕的聋耳唱叹歌吟/我心有猛虎细嗅蔷薇"。诗人无疑是想通过象征的手法，形象而又生动地表达出人类社会的一种本质关系：人类社会并不总是凶恶与恐惧，更可能是美好与善良。抑或是表达出一种更深层的人性本质：人类本身就存在弱点，而正是这人性弱点成为社会常住者的本质特征。

我们并不能通过几个词语就试图到达诗歌的意图层面，诗歌毕竟是社会情景下的产物。只有那种能够通过诗歌领悟到人类抽象价值的人，才能算作懂得诗歌的人。现代生活情景的转变直接影响了我们情绪的表达，个性化以及原子化的后现代生活直接解构了我们重塑大叙事史诗的可能性，我们只能在浅唱低吟中踌躇排遣，满足于对狭窄环境的朦胧感知，而忘却了对普遍事物与普遍意义的追求。苏东坡唱"大江东去，浪淘尽，千古风流人物"。这种旷达心境，关注人生世事与历史沧桑的开阔意境已经很少见了，即便江山如画，一时多少豪杰，终究浪淘尽，一切荣辱穷达都将逝去，殊途同归，计较一时功名，免不了让人唏嘘。

也许正是人性中人格气质和文化阅历的迥异，造就了人生既有幽谷也有山峰，一沙一世界，一花一天堂。

乐　说

爱德华·埃尔加（Edward Elgar，1857—1934），英国作曲家、指挥家，出生于乐器商家。幼年从父学小提琴，兼擅多种乐器，并自学作曲。1904年因所作国定颂歌《加冕颂》（1902）受封为爵士。1931年受封从男爵。

埃尔加的作品既有民族特色又饱蕴后期浪漫主义内在的热情，以交响曲三部（第三部未完成）、管弦乐变奏曲《谜》、序曲《在伦敦城》、《小提琴协奏曲》、《大提琴协奏曲》、弦乐《小夜曲》、《引子与快板》、《威仪堂堂进行曲》五首、清唱剧《吉伦修斯之梦》等较为著名。

埃尔加的音乐深受19世纪德国浪漫主义作曲家约翰内斯·勃拉姆斯、理查德·瓦格纳等人的影响，同时带有某些英国风格。他热爱英国的文化和自然风光，有时也赞颂大英帝国。为庆贺英王爱德华七世加冕，他写了《加冕颂》（1902）。他的军队进行曲《威仪堂堂进行曲》第一首（1901），多年来一直是新闻片中英国王室镜头必不可少的配乐，也是他最流行的作品。他从英国民歌及传统音乐中汲取营养，创作中充分体现英国民族风格。他将高雅脱俗的表达与流行风格相结合，和声语言源自勃拉姆斯和舒曼，又带有瓦格纳式变化音的色彩，音乐性格既亲切又忧郁。

总而言之，他的艺术作品思维极为宽广，风格庄严淳朴，英国人民把他看作英国的贝多芬。后来由于他的浪漫主义与其时世界乐坛流行的现代主义及民族乐风不合，加上他著名的《威仪堂堂进行曲》被讥为有歌颂强权之色彩，埃尔加声望陡降，直到去世30年后方开始恢复。

埃尔加的《E小调大提琴协奏曲》涵盖了浓郁的哀伤，作曲家本人将该曲比喻为"人对于生活的态度"，一战后的埃尔加对待生活如同盛年已过、不堪回首的老人。这种对于过往的思绪，在慢板乐章和悲哀而缓慢的音乐中达到了高峰。如同安魂曲一般，不只是为了纪念战场上的死者而写的，还是为了一种生活方式的毁灭而作，更是埃尔加对于战争生活和艺术方式的完结。作曲家本人对于自己的创作深感满意，曾在写给友人的信中提道："我即将完成一部大提琴协奏曲——一部真正的大型作品，我认为它是成功的，是有生命力的。"

第二期

余光中《等你，在雨中》
林　海《勿忘随行》

等你,在雨中

余光中

等你,在雨中,在造虹的雨中
蝉声沉落,蛙声升起
一池的红莲如红焰,在雨中

你来不来都一样,竟感觉
每朵莲都像你
尤其隔着黄昏,隔着这样的细雨

永恒,刹那,刹那,永恒
等你,在时间之外,
在时间之内,等你,在刹那,在永恒

如果你的手在我的手里,此刻
如果你的清芬
在我的鼻孔,我会说,小情人

诺，这只手应该采莲，在吴宫
这只手应该
摇一柄桂桨，在木兰舟中

一颗星悬在科学馆的飞檐
耳坠子一般地悬着
瑞士表说都七点了。忽然你走来

步雨后的红莲，翩翩，你走来
像一首小令
从一则爱情的典故里你走来

从姜白石的词里，有韵地，你走来

蒙 思

余光中（1928—2017）说："十年一觉扬州梦，醒来时，已是一位台北人。当然不止十年。清明尾，端午头，中秋月后又重九，春去秋来，远方盆地里那一座岛城，算起来，竟已住了二十六年。"台湾到底是什么样的台湾，台湾到底是谁的台湾？在余光中的记忆中，台北始终是一座漂浮的岛城，"一座陌生的城住成了家，把一个临时地址拥抱成永久地址，我成了想家的台北人"。在这个和中国大陆母体相连接的一角半岛上，隔着浅浅淡水的青烟绿水，向东望去，思念着，诗意尽在乡愁中。正如贾岛的七言绝句所言："客舍并州已十霜，归心日夜忆咸阳；无端更渡桑乾水，忘却并州是故乡。"对故乡的遥望变成一种乡愁，但如果真的回到故土，又会是怎样一番场景呢？

诗人的乡愁始终萦绕不去，但却一直没有机会重访大陆。中华人民共和国成立后，在中国共产党的领导下，一洗旧社会污浊颓废的习俗，倡导新风新俗。苏联援建，社会百废待兴，人民高唱红歌，向苏联老大哥学习，向共产主义进发成为一时流行风尚。人民面貌焕然一新，再没有老旧中国的面黄肌瘦、心惊胆战、混混沌沌，取而代之的是真正的清醒开来，笑盈盈地大声宣布中国人民终于可以挺直腰杆站起来了。如在街头巷尾遇到什么困难，不用吱声，好多人就会主动帮你。彼时的宝岛台湾，工商业开始盛行，人情渐薄，大家都一心致富，哪有什么心情附庸风雅，剩下的也许仅就追忆旧事、悼念往昔吧。

宝岛台湾变得日益陌生，海峡两岸仍旧有隔膜，诗人的记忆也逐渐和现实重叠起来。

余光中在诗中写道："当我死时，葬我，在长江与黄河／之间，枕我的头颅，白发盖着黑土／在中国，最美母亲的国度／我便坦然睡去，睡整张大陆／听两侧，安魂曲起自长江，黄河／两管永生的音乐，滔滔，朝东。"这些诗句所传达出来的感情在一个喧嚣与热闹的时代很容易被人忽视，但却加固了这样一种想法："月是故乡明"。尽管时空悬隔，时间相隔几十年之久，路途相隔八千里，但放不下的仍旧是血浓于水的民族情，共同的语言，难以切断的历史文化脐带。乡愁来时，过去的风景如珍珠般光彩夺目，尽管走遍台北千门万户，也难以找到儿时的乡野记忆，战争中的流离失所，宝岛台湾早已成为离散之岛。余光中在《记忆伞》中写道："雨天长，灰云厚／三十六根伞骨只一收／就收进一把记忆里去了／不知在哪扇门背后／只要我还能够／找到小时候那一把／就能把四川的四月天撑开／春雨就从伞边滴下／蛙声就从水田里／布谷鸟声就从远山／都带着冷飕飕的湿意／来绕着伞柄打转／喔，雨气好新鲜"。记忆里的那把伞到底放到哪里去了，要是能够找得回来该多好啊！

余光中出生于1928年重阳节，这是一个充满诗意与美酒的日子。重阳节的前一天，余光中的母亲随家人一起登高怀远，次日便在南京生下了余光中。余光中自称为"茱萸的孩子"，诗歌就是他生命中的"茱萸"。重阳节之于余光中的意义就在于："重九之为清秋佳节，含有辟邪避难的象征。然则茱萸佩囊，菊酒登高，也无非取象征的意思。诗能浩然，自可辟邪，能超然，自可避难。茱萸的孩子说，这便是我的菊酒登高。"能有菊酒登高的日子是短暂的,战时的日子仍旧记忆犹新:"其后几个月,一直和占领军捉迷藏,回溯来时的路,向上海,记不清走过多少阡陌,越过多少公路,只记得太湖里沉过船,在苏州发高烧,劫后和桥的街上,踩满地的瓦砾,尸体和死寂得狗都不叫的月光。""然后是上海的法租界。然后是香港海上的新年。滇越路的火车上,览富良江岸的桃花。高亢的昆明。险峻的山路。母子颠簸成两只黄鱼。然后是海棠溪的渡船,重庆的团圆。月圆时的空袭,迫人疏散。于是六年的中学生活开始,草鞋磨穿,在悦来场的青石板路。令人涕下的抗战歌谣。令人近视的教科书和油灯。桐油灯的昏焰下,背新诵的古文,向鬓犹未斑的父亲,向扎鞋底的母亲,伴着瓦上急骤的秋雨急骤地灌肥巴山的秋池。"

记忆就这样勾连了点点滴滴的过去,难忘的民族磨难、抗战经历,都在台北的冷雨中,一个接一个地浮现,这并不是单纯的一时一地之景,而是重重叠叠的影片,悲剧喜剧悲剧喜剧亦喜亦悲。在重庆的八年,余光中把童真的记忆深锁在山城之中,沉潜于嘉陵江底。一个在战火中成长的少年,寂寞中还不忘"翩翩于滨海的江南"。入川时10岁,抗战胜利后回到南京时他17岁,但他很快发现他开始怀念四川了,从此他的诗中开始出现写不尽的巴蜀,嘉陵江的水哺育了他的诗魂。

每个人每到一个新的地方都会形成一个习惯:有人嗜书成癖,借此窥探当地的文化环境;有人却遍访古街,寻找一层层新印覆盖着的旧印记,寻找千层下年少时代的履迹记忆。在宝岛台湾有许多眷村,也有许多闽南风情的小街。余光中曾在台北的厦门街住了20多年,所以他的许多诗作都是在那里完成的。在那条小街,在临巷的那个窗口,在一片重重叠叠深深浅浅的绿荫下,一部部作品在那一带的乡间中吟呕而成。宝岛台湾的小街、萤塘里、网溪里不断地孕育着写作灵感。客居20多年,台湾到底是谁的台湾,街巷到底是谁的街巷?余光中说,如果台北是他的家城,厦门街就是他的家街,那条巷子也就成了他的家巷。终于,余光中在宝岛台湾找到了家的感觉,这些街巷已经成为他生命中、创作灵感的一部分,巷子里的左邻右舍,相近相亲,多少年之后仍旧可以闭着眼睛一家一家数过去,厦门街在台北的城南,比邻郊区,比不上城北的繁华和拥挤,却是可以栖息的港湾,是最耐人寻味的让人感到亲切的古旧街巷。

"黄昏的长巷子,家家围墙里飘出的饭香,吟一首民谣在召归途的行人:有什么比这更令人低回的呢?"家,便是那么一座城了!

诗 说

回望流年,雨真的很多,江南的雨尤其绵延。上海的市井生活一向过得惬意,但却有些寂寞。相隔两岸,在宝岛台湾,同样多雨,生活也平淡喧嚣,但却各走各的路。

在这一岸,下了雨,最激动的并不是大人,因为徒增烦恼。陆游在《念归》中写道:"江南五月朝暮雨,雨脚才收水流础。酒杯未把愁作病,麈柄欲拈谁共语!有时暂解簿书围,独坐藤床看香缕。"一番离愁,借酒浇愁。雨中,最高兴的可能是顽皮的孩童,悄悄溜出大门,跑巷子的出口,呆看雨水劈里啪啦地砸在雨伞上、窗沿上，落在匆忙行走、来不及躲避、四处找寻躲雨处的行人身上。在雨中屋内，有人炊饭烧菜，深钻《说文解字》，也有人读马克·吐温，唱苏联歌曲，看苏联电影。

在另一岸，宝岛台湾的雨同样是淅淅沥沥，甚至雨还会走进梦里。在余光中眼中，这场已经下了25年，四分之一个世纪，隔着千山万山、千伞万伞的雨，一切都断了，只有气候，只有气象报告还连在一起。他时常觉得雨中的严寒似乎有一点温暖的感觉，他是这样想的，他希望台北狭长的雨巷能永远延伸下去，不是金门街到厦门街，而是金门到厦门。

广义地讲，作为外省人的余光中是厦门人，他的父亲是厦门人。但他不住在厦门，却住在台北的厦门街。广义地讲，他也是江南人，他的母亲是江苏武进人，他出生在南京，随母亲避乱于常州。他记忆中的江南是杏花春雨的江南，是垂柳依稀的江南，是表妹众多的江南，也是舅舅手中随风飘起风筝的江南。这一切在雨中都变得有些模糊了，但那些记忆永远是他日思夜梦的家园故土，不灭的永远是浓浓的乡愁。

在雨中，他好像听到了长辈们跟他说过的玩笑：长大后就跟哪个表妹成亲吧。但这一切在日军铁蹄蹂躏下变成了永久的记忆。以后的日子变成了背井离乡，仓皇南奔的岁月："在太阳旗的阴影下咳嗽的孩子，咳嗽，而且营养不良。南京大屠城的日子，樱花武士的军刀，把诗的江南词的江南砍成血腥的屠场……枪声和哭声中，挨过最长的一夜和一个上午，直到殿前，太阳徽的骑兵队从古刹中挥旗前进。"

那雨中的翘首等待再也没出现过。

乐　说

林海，1969年1月出生于晋江安海，中国新世纪音乐作曲家。先后出了数十张个人专辑，并给大量的电视剧、电影创作原声音乐。

自1992年从事音乐制作以来，林海除了创作影视配乐作品外，在纯音乐领域，包括跨界音乐、New Age、爵士、新民乐等，林海在大陆乐坛具有无可争议的权威地位，在华语乐坛音乐制作领域无人能望其项背。

乐评人认为他是个右手东方、左手西方的天才音乐家；有着肖邦的气质，及德彪西的慵懒与优雅；具有George Winston亲和而强烈的旋律性，及Keith Jarrett丰富而充满想象的思考性。他游弋于古典、New Age、现代、爵士多风格之间，让乐曲飘散着恬静自然、淡淡流露的文学况味，再现了他自己的心灵世界。

《勿忘随行》出自林海2013年发行的专辑《林海影视配乐精选》，这张专辑是林海十几年影视配乐生涯中精选的精选。对于这张专辑，林海有着这样的自述："我也许犯了一个错误，我把音乐具体化了。我给这27段音乐起了名字并附上了文字，也就是说，我可能扼杀了你们的想象空间。音乐是抽象的，没有歌词的纯音乐每个人听后的感受是不一样的，不同的意境，不同的画面，不同的想象空间……所以，即将听到这27段音乐的朋友们，当你翻开下一页时，当你看到这27首作品的音乐语言时，记住，这只是我林某人主观的感受，只是这些音乐中的其中一种感觉，是姓林的……也许，你该忘掉这些文字，进入你自己的想象空间……关暗灯，独自地，静静地，进入我的音乐世界吧……"

第三期

［波兰］维斯拉瓦·辛波丝卡《博物馆》 李晖译
［波兰］弗雷德里克·弗朗西斯克·肖邦《降A大调英雄波兰舞曲》作品53

博物馆

[波兰] 维斯拉瓦·辛波丝卡
李晖译

盘子在此,而食欲不在。
有结婚戒指,而爱的恩怨
逝去距今已三百年。

扇子在此——少女绯红的面颊何在?
刀剑在此而忿怒何在?
也不会有鲁特琴于傍晚时分响起。

由于永恒缺货,
代之以上万种老旧的东西被聚积。
身长绿苔的卫兵沉睡于黄金的美梦
将他的小胡子撑靠在陈列号牌上……

战斗。金属,陶器和羽毛,庆祝
他们寂静的过期的胜利。

只有一些埃及少女的发夹咯咯地傻笑。

王冠比头颅经久。
手输给了手套。
合适的鞋子打败了脚。

至于我,我还活着,你瞧。
战争仍随我的裙子一样流行。
它全力挣扎,荒谬的事物,如此顽固!
它决意继续存活,在我离去之后。

蒙 思

谈谈"我在"

一直很喜欢维斯拉瓦·辛波丝卡诗歌中的那股韧性。在《博物馆》一诗中,"在"字或者含有存在意义的词出现过多次,"盘子在此,而食欲不在""扇子在此——少女绯红的面颊何在?""刀剑在此而忿怒何在?"。这里,"在"是一种"存在(being)","在"是一种能量,"在"是一种强硬的姿态;在这浩渺的时空里,它消耗着某一时间,占据着某一空间。因而,它自身有着强大的力量。

这让我想起张晓风的散文《岁月在,我在》,其中作者用"树在,山在,大地在,岁月在,我在,你还要怎样更好的世界?"作结,五个"在"字,五种声音,五个位置,是以表征这世间万物。独木成林,峰峦相聚,无垠土地,悠悠岁月……短短几个词,便将这宇宙人生刻画得淋漓尽致,树木有树木的位置,山峦有山峦的位置,你有你的位置,我有我的位置,就连时间也有其恒常的位置,昨天打雷,今天下雨,明天转晴,秩序井然,不会错乱。最后,"我"与"你"相遇在这独特的时空里,便是圆满,便是欢喜,便是生生不息。因这存在的力量,因这合适的位置,一切便有了其意义。而在《博物馆》中,诗人同样用"在"传达了一种强大的力量,一种坚韧的姿态,去思索究竟什么是永恒?什么是生命?什么是战争?一个"在"字便是诗人内心深处的呼号,柔婉中带着刚劲。人的生命极其有限,但只要能适应生活的需要(找到恰当的生活位置),生命就有意义,存在就有意义。

最后,诗人借助"物在",坚定地表明了自己的立场和态度。"盘子"在,"扇子"在,"戒指"在,"我"也会在。即使有一天"我"的生命行将枯朽,但"我"反战的意志和决心终将不朽。这座冰冷的、永恒的博物馆也将不朽。

物与永恒

维斯拉瓦·辛波丝卡偏爱"词"与"物",擅长对"词"进行建构和解构,借"物"表征某种精神和情感。在《博物馆》中,借"盘子"来表征人的食欲,"盘子"还在,但对食物的欲望却没有了;借"戒指"来表征坚贞的爱情,"戒指"还在,但爱情却已消逝不见;借"香扇"来表征少女的美貌,"扇子"还在,但少女已老去。于是,诗人发出感叹:"由于永恒缺货,代之以上万种老旧的东西被聚积。"在诗人看来,被赋予意义的物件是永恒的,而人的情感和时间却是短暂的。物因无情而得以永恒,人因有情而接近腐朽;天若有情天亦老,人间正道是沧桑。之后,借由这短暂和永恒的对比,得出结论:诗人的生命是短暂的,但战争却是无止境的。小到人与人之间的隔阂与冲突,大到国与国之间的对立和斗争,反反复复,无时无刻不威胁着人类的生存。在"物"与"永恒"的角逐中,点燃了维斯拉瓦·辛波丝卡对战争的愤慨。

另外,国王头上的"王冠"比"头颅"长久、"手套"比血肉之躯的"手"长久。博物馆是对永恒之"物"的陈列和展览,"金属""陶器""羽毛"昭示着战争的胜利;"王冠"象征着王权的更迭;士兵的铠甲隐喻着战争中流血的牺牲。维斯拉瓦·辛波丝卡笔下的博物馆仿佛一个吞噬情感、冰冷的存储器，虽永恒得以留存后世，但却了无生气，缺乏生命的诚意和温度。但如果我们反过来想，物因无情而永恒，但人的情感如果能借由物加以传达，那么是否可以说人的情感和精神气质也是不朽的。人民英雄纪念碑告诫着后世的人们，和平来之不易，革命烈士的流血牺牲不能忘却；美国自由女神铜像象征着挣脱暴政的约束和自由，表达美国人民争取民主、自由的决心；埃及金字塔代表着法老无上的权威和统治地位，象征着人类最早文明的辉煌与智慧；法国埃菲尔铁塔则代表了法国人民追求浪漫的个性特质。换言之，博物馆是冰冷物件的集合，也是永恒之精神的传递，更是人类文明进步的见证。

技术与博物馆

科学技术的不断进步，使得人们的生活方式逐渐变得便利和丰富。有人说，如果去一个地方旅游，只需要去两个地方转转，便可以基本了解一座城，我深以为然。其一是其中心商业街，其二便是博物馆。中心商业街代表着一个城市经济最发达、资金周转最快、人流量最大的地方，其建筑风格、交通布局方式、引进的商业店铺等，最能综合体现一座城市未来的发展方向；而博物馆则是历史的象征，对博物馆的重视程度，可看出一座城对待历史的态度；博物馆的馆藏和陈列，可窥其历史发展的脉络和城市原风貌。而一座城市的发展，无论再怎么前沿，再如何革新，其内涵和韵致不会有太大的差异。如果一座城没有博物馆，那么可以去其具有代表性的建筑和景点转转，"物"最能传达出某种精神气质和风格来。

而今，技术革新发展到一定程度后，数字技术也正逐渐介入到博物馆体系中。技术的广泛普及已经对博物馆如何制定战略规划和数字策略产生重大的影响。另外，博物馆也正不断利用移动应用软件、社交媒体、自然用户界面、虚拟现实和增强现实等新兴技术为展览和收藏添加互动元素。最初，人们把"科技产品"和"博物馆藏品"视作两类截然不同的"物"；科技产品聚集前沿领域，代表着人类未来的发展方向，象征着人类最高的智慧；博物馆藏品聚焦历史文物，代表着人类历史的轨迹，是人类漫长历程的记录。

在线性时间轴上，一个指向前端，一个指向后端。但是，当技术逐渐渗透于人文中，实现博物馆的全面数字化，不断增强观者的参与感、对历史的认知度，在虚拟技术和增强技术的支持下，能进一步实现观者对人类历史的细致回顾和参与体验。在技术中回顾历史，从历史中吸取教训；在历史中展望未来，在技术中突破禁锢。也许，技术和人文的结合能更好地实现人类美好的未来。

诗　说

维斯拉瓦·辛波丝卡（Wislawa Szymborska，1923—2012），波兰女作家，也是一位杰出的翻译家，她将许多优秀的法国诗歌翻译成波兰语，并于1996年荣获诺贝尔文学奖，其诗作被称为"具有不同寻常和坚韧不拔的纯洁性和力量"。代表作有《一见钟情》《呼唤雪人》《万物静默如谜》等。同时，她也是第三个获得诺贝尔文学奖的女诗人（前两位是1945年智利的加夫列拉·米斯特拉尔和1966年德国的内莉·萨克斯），第四个获得诺贝尔文学奖的波兰作家。诺贝尔奖委员会在颁奖词中称她为"诗人中的莫扎特",一位将语言的优雅融入"贝多芬式愤怒",擅长用幽默来处理严肃话题的女性。

随着科技和媒介的发展,博物馆逐渐成为永恒的象征。笔者去过不同国家,到过不同地方,见过不同的博物馆。这些博物馆均象征着一座城、一个国家乃至一个民族的生活习惯和精神气质。可以说,博物馆是时间的痕迹,是空间的轮廓,是存在的证明。先进的科技不断淘汰着旧有的、传统的物件,当这些陈旧的物件摆放在博物馆时,便形成了一个时代特有的记忆。诗文《博物馆》以诗人独特的视角,将"战争"纳入其独特的话语体系。诗人擅长运用文字的魅力以及物件的特征阐释某一人生义理,例如在其《三个奇异的词》一诗中,"当我说出'未来'一词,第一个音节已属于过去;当我说出'寂静'一词,我便将它毁掉;当我说出'无'这个词,我造出某物,非'无'所能包含。"她通过对"未来""寂静""无"这三个词的阐发,生动体现了"过去"和"现在"、"寂静"和"声音"、"有无"间既对立又互补的特征,从而表现出诗人对宇宙自然间万事万物相辅相成、对立互补的某种思考。除了语言方面的特色外,维斯拉瓦·辛波丝卡也擅长用幽默的元素来解构严肃的话题。例如,在《博物馆》中,将战争的覆盖面和持久度比作女性"裙子"的流行与经久不衰,采用反讽的手法表现了诗人对战争的憎恶和愤懑,对和平时代的呼吁。至于诗中那"不同寻常和坚韧不拔的纯洁性和力量",我以为那是一种诗人内在气质在诗歌中的投射。例如,《有些人喜欢诗》中对"有些人""喜欢""诗"的阐释与解读,带有诗人浓郁的个性气质、随性自由、充满纯真，但内在却有着最坚定的信仰。

如果你问我，维斯拉瓦·辛波丝卡诗歌中的气质用一个词概括是什么？我想是"自由"，对生命自由的追随和理解。如果用两个词概括，我想应该是"爱"与"自由"，用一颗博爱之心观照这人世间。如果用一个句子来概括，我想最好的表达应该是：以诗人对生命的理解及人生的体悟，用一颗丰盈、澄明、坚韧的内心去热爱、去坚持、去实践。于是，一首首短诗便幻化为诗人自身，有温度、有情趣、有韧性。

乐　说

弗雷德里克·弗朗西斯克·肖邦（Fryderyk Franciszek Chopin，1810—1849），波兰作曲家、钢琴家。1817年开始创作，1818年登台演出，1822—1829年在华沙国家音乐高等学校学习作曲和音乐理论。1829年起以作曲家和钢琴家的身份在欧洲巡演，后因华沙起义失败而定居巴黎，从事教学和创作。1849年，因肺结核逝世于巴黎。

肖邦是历史上最具影响力和最受欢迎的钢琴作曲家之一，波兰音乐史上最重要的人物之一，欧洲19世纪浪漫主义音乐的代表人物。他的作品以波兰民间歌舞为基础，同时又深受巴赫影响，音乐作品多以钢琴曲为主，被誉为"浪漫主义钢琴诗人"。

肖邦的钢琴曲，体裁多样、内容丰富、感情朴实、手法简练、题材紧扣波兰人民的生活历史和爱国诗歌，曲调热情奔放、和声丰富多彩、结构灵活自如。同时，作为著名钢琴演奏家，肖邦的演奏技巧精湛、手法细腻、音响华丽、富有激情、出神入化，他的钢琴踏板用法独特。

《降A大调英雄波兰舞曲》是一首充满战斗力量和英雄气概，以"英雄"而著名的波兰舞曲，作于1842年。肖邦的波兰舞曲根据其内容可分为两类：一类是以强壮的、雄赳赳的节奏，叙述波兰往昔封建时代的繁华；另一类则为忧郁的情绪，反映在沙皇俄国压制之下苦难的波兰。这首波兰舞曲为前一类中的杰出代表，气势磅礴，一气呵成，简直就是一首波澜壮阔的交响诗，因此有人认为该曲是作者用来描述17世纪的一位波兰民族英雄抵抗外敌入侵的光辉史诗。肖邦的作品中有各式各样的英雄形象，该曲的主人公无疑是最具代表性的，肖邦在这一形象中倾注了自己全部的爱国热情。

"生于华沙，灵魂属于波兰，才华属于世界。"今天看来，这依然是对肖邦中肯的评价。肖邦已然成了波兰的象征和国家的名片，其所承载的意义早已超越艺术的范畴。

第四期

［捷克］雅罗斯拉夫·塞弗尔特《在这个世界上我留着》贾佩琳、欧阳江河译

［捷克］安东·利奥波德·德沃夏克《幽默曲》作品101之7

在这个世界上我留着

[捷克] 雅罗斯拉夫·塞弗尔特
贾佩琳、欧阳江河译

在这个世界上我留着
为了做你的百合花,玛丽
它们比小羊的脚爪更害羞
并惧怕每一次风暴

当我想睡去的时候
青草可以闭上我的眼睛
并对着那上面的你
再见,再见

柔软而安慰的雨洗去你脸上的光辉
明天的醒来会很美
在棺材那么黑的天空下
躺着。

蒙 思

当科学家在验证各种假设的可能性时,文学家却在现实之外另辟天地,在幻想的时空中纵横驰骋。其实科学也可以很美,文学也可以理性而富有逻辑。在人类发展的历史进程中,是先有哲学、文学、艺术,而后才有科学,科学最初只是哲学的衍生品,科学只是讨论哲学问题的一种方式。而哲学、文学、艺术等人文社科专业同科学专业一样,本都是对人的本质进行认识的一种方式,都是为了人的解放的终极目标服务的。

在启蒙时代,对人的理解占主导地位的是笛卡尔以来的人本主义哲学,即"我思故我在"。根据这一观点,只要人类自身愿意,他就可以了解自己,认知自己,控制自己和随时随地成为自己的主人,正如法国戏剧家皮埃尔·高乃依在他的剧中借由主角之口喊出人类这一愿望:"我是我自己的主人,就像我是宇宙的主人;我是主人,我愿意当主人,哦,世纪,哦,记忆!请永远保存我这最后的胜利!"

但笛卡尔的这一哲学原理很快被啪啪啪打脸。自从哥白尼把地球中心说推翻,将地球降为太阳系中的一颗行星,达尔文把人类的起源和猿的血缘搭上界以后,人类的自我认识发生了重大变化。科学的认知地位急速上升,而哲学家解释世界的方式开始崩塌。其实,在笛卡尔之前,很早就有哲学家对人的认知进行怀疑,对奥古斯丁而言,"我们常常无法理解生活。我无法理解在我身上发生的一切。这种情况常常发生在我身上,可我无法将其归入'我生活着'之中。我无法在我身上找到我自己。我只是活着,我没法留住我的生活,我没法居留在我之中。我不拥有我的生活。无法成为我所经历的一切。我像一个陌生人一样生活在我之中。我们无法回答那些我们对我们自己提出的问题"。

实际上,我们每个人在某个时刻都曾体验过这种感觉,我们似乎在某个时间与空间结构中并不能掌握自我的思维与行动,似乎有一个独立的世界掌控着我们的未来。当面对这种情景的时候,某些人会求助于科学。说起科学,免不了会谈起1923年的那场著名的关于"科学与人生观"的论战,这也是中国现代哲学史上唯心主义哲学内部的一场争论,令人印象极为深刻的是胡适为科学所做的辩护,以"十诫"不容置疑的语句阐明科学是人生观的基础:"(1)根据天文学和物理学的知识,叫人知道空间的无穷之大;(2)根据于地质学及生物学的知识,叫人知道时间的无穷之长;(3)根据于一切科学,叫人知道宇宙及其万物的运行变迁皆是自然的,——自己如此的,正用不着什么超自然的主宰或造物者……(5)根据于生物学、生理学、心理学的知识,叫人知道人不过是动物的一种,他和那别种动物只有程序上的差异,并无种类的区别……(7)根据于生物的及心理的科学,叫人知道一切心理的现象都是有因的……"胡适正是以科学所提供的知识为武器对抗"玄学派"。

显然,胡适的论述在实践和学理层面上都有很大疏漏,不过重点在于这场论战的思想倾向和转型很少引起人们的注意,也就是现代中国人在建构现实世界理念的合法性的时候,知识基础和思想资源已经转换为现代科学知识,即物理学、生物学、化学等理科专业,中国人文科学与自然科学的分化发展已经开始定型，理科知识开始成为中国人文科学和社会科学的精神凭借。我们已经看不到以中国传统资源为依据的辩护了，似乎中国以往的思想资源只有经过西方科学知识的审视与辨明才具备合法性。以至于对这些西学科学理性不论是急于引介还是崇尚，都缺乏批判性的理解，粗浅与讹误随处可见，以至于对启蒙思想中对科学理性的批判性认识视而不见。

而在后现代主义思潮涌动的今天，告别"科学主义"在中国语境中又成为一个流行话语。科学并不是万能的，反科学主义说同时伴随着对现代性与西方研究路数的审视，似乎是想终结向西方学习的学术转向。但问题远没有那么简单，不是把科学主义置于樊笼，就是想重置中国传统中的科学蕴含，而极为暧昧的是问题的本质并不在于问题本身是否被圆满地解决。

正如雅罗斯拉夫·塞弗尔特在《哲学》一诗中写道："想想那些充满睿智的哲学家/生命不过是一瞬。然而无论何时，只要我们在等待女朋友/生命就是永恒。"只有在诗文中生命才能够得到永恒，这已经足以证明文学对科学的超越性了。

诗　说

雅罗斯拉夫·塞弗尔特（Jaroslav Seifert，1901—1986）是当代捷克最重要的诗人，1984年获得诺贝尔文学奖。获奖评价是："他的诗富于独创性、新颖、栩栩如生，表现了人的不屈不挠精神和多才多艺的渴求解放的形象。"

雅罗斯拉夫·塞弗尔特的诗歌成就如此之高，就在于他对捷克民族语言文化的传承与发展。他的诗歌并不需要按照常情常理去理解，由于象征主义的诗歌具备多样的形式结构而只能在历史场域中进行感悟才能把握诗歌中对"颓废美"的追求与努力。"颓废美"的美学风格无外乎是借助语言的延异、冥思苦想、与众不同的象征意象和充满想象力的形式混合后的结果。

于是诗歌在诗人的手中变成了武器。诗人在散文《一个诗人的诞生》一文中讲述了这样一个细节："我有一个小孙女，不言而喻我非常钟爱她。她喜欢画画……'爷爷，给我画个公主。'我相当无可奈何地挑了一支黄铅笔，先画了一顶金色的王冠。又在一个椭圆形的圈儿里画了马马虎虎像是牙齿的玩意儿，使人联想到龇牙咧嘴的鲨鱼。小孙女马上把画笔夺了过去：'不是这样的！你得先画脑袋，然后在脑袋上画王冠。'说着她的小手在纸上移来移去，不一会儿一个神色有点儿惊惶的小公主便在纸上瞪着眼睛瞧我们了，粉红色的衣裳上缀满了花花绿绿的花边。"显然，如果诗歌创作和孙女的绘画过程一样机械、程式、枯燥和呆板的话，那是算不上诗歌的。

雅罗斯拉夫·塞弗尔特的诗歌很"奇怪"，他并不想好好说话。这首《在这个世界上我留着》同样如此：诗人想表达他对玛丽的爱恋，他用百合花呈现爱情的娇贵，用羊爪来暗示娇贵。就如同夜晚有人在喃喃自语，声音很微弱，你很想听清楚他在说什么。你寻声而去，暗夜无灯，你发现那个人正在念一个人的名字，但你不知道那个名字的主人是谁。暗夜中的那个人就这样旁若无人地面对着天空反复念着名字，他的声音越来越微弱，慢慢就听不见了，就好像一个故事，简单至极，开头就意味着结尾，你却抓不住他，徒留深夜中的回响与想象。

雅罗斯拉夫·塞弗尔特期望于读者的就是情绪的不可把握，甚至和语言是对立的。语言永远落后于思维的主观展现，你只能不断地、艰苦地和顽强地探索，才能偶尔一闪现，抓住诗歌的主观表达。

乐　说

安东·利奥波德·德沃夏克（Antonín Leopold Dvořák，1841—1904），19世纪世界重要的作曲家之一、捷克民族乐派的代表人物。德沃夏克出生于布拉格（时属奥匈帝国，现属捷克）内拉霍奇夫斯镇，早年入布拉格音乐学院，毕业后从事音乐创作。1890年受聘担任布拉格音乐学院教授，在此期间他受到祖国民族复兴、发展民族文化的思潮的影响，接触了西欧古典乐派、浪漫乐派的作品。1892—1895年春应邀在美国纽约音乐学院教学并任院长，回国后任布拉格音乐学院院长。1904年去世。

德沃夏克的创作浸染着深刻的捷克民间色彩，在主题与结构方面同捷克民间音乐的神韵和特点保有密切的联系。他的作品反映了作者的爱国热忱和为复兴祖国民族文化所做的伟大努力。他的一些大型作品以人民的斗争和对先烈的赞颂为主题，再现了捷克大自然和民间日常生活画面，另一些作品则采用捷克古代的历史和美丽的神话为题材。

德沃夏克认为用音乐来赞颂自己的祖国和巩固人民对更加美好的未来的信念，是义不容辞的神圣职责。在对待民间音乐素材方面，德沃夏克不但注意到捷克的民间音乐，也转向摩拉维严和斯洛伐克,他似乎更加重视斯拉夫各民族间的相互联系。

幽默曲又名滑稽曲,是流行于19世纪的一种富于幽默风趣或表现恬淡朴素、明朗愉快的器乐曲,其性质与戏谑曲相似,是器乐独奏曲的体裁。德沃夏克的这首《幽默曲》,创作于1894年。当时他正在捷克的苇梭卡地区度假,其间一连写了八首"幽默曲",这首小曲为八首"幽默曲"中的第七首,原曲以钢琴独奏曲形式为人们所喜爱,由小提琴天才克莱斯勒改编的小提琴独奏曲似乎更为人们所熟悉。后来该曲还被改编为管弦乐曲、其他各种乐器的独奏曲以及轻音乐等,甚至还有人为本曲撰写了哀伤或充满朝气的歌词,可见其流传甚广,深入人心。

李　皓《新时代放歌》
朱海作词、舒楠作曲《不忘初心》

新时代放歌

李　皓

当镰刀和铁锤，第十九次热切相拥
一定会有激动的泪水，深情抚摸着我们的甜梦
而那喷薄而出的朝阳，一如爱的火花
把共和国的早晨，点染得幸福而又端庄

我们在阳光下，坦荡地交流和交谈
我们商议着怎样向党，交出我们无限的爱恋
以人民的名义，以亲人，甚至以一奶同胞的名义
把隐秘多年的思念和钟情，和盘托出

我们从田野中走来，带着农具，带着乡愁
我们从大海上走来，带着雄心，带着壮志
祖祖辈辈的汗水，那是泥土里的黄金
而在我们自己的海洋上乘风破浪，何其雄壮

在冬天，我们总是依偎着那面旗帜取暖
我们看见鲜血，从1921年一直流到今天
我们从不言语，但我们深深记得先烈的叮咛
我们每走一步，都要打量一下暗夜的阴沟

踏着自信，踏着底气，我们走向四面八方
我们越走越快，我们把一带一路走得春意盎然
带着春风，带着雨露，我们走向五湖四海
我们的朋友越来越多，我们的命运已然趋同

细数九十七载的汗水和泪水，母亲的身躯
依然伤痕累累，那挥之不去的风霜
有屈辱，有坚韧，更有永不气馁的担当
有民生，有家国，那是多么宽广的胸怀

革命的火种，燎原成一代代不屈不挠的生命
小米加步枪，把一个民族砥砺得坚如磐石
你看，辽宁号航母如流动的国土威震四方
你看，新型战机如海燕高傲地飞过天空和海洋

这支枪，是一支优秀政党指挥着的枪
它的准星，一直死死地瞄准着偷窥、蚕食和分裂
它的步伐多么矫健，金水桥的上空天高云淡
它的姿势多么威武，南中国海从此风平浪静

一切都是新的,像雨后山间初生的春笋
一切都是新的,像少女秘而不宣的纯情诗笺
一切都跟梦有关,我们在梦里咯咯地笑出声音
一切都跟理想有关,我们心怀善念从没有却步

这是一个最好的时代,我们在丰收谣里畅想更好
这是一个崭新的时代,告别贫穷我们永不忘初心
看啊,颗粒归仓的祖国早已面露健康的肤色
看啊,黄皮肤的政党把红色的真理一再传扬

叫一声"党啊",喊一声"祖国"
我们自豪的泪水早已决堤,无语凝噎
而此刻,领袖的声音正穿过高山,越过大河
多么扬眉吐气,我们一下子就拥抱了整个世界

蒙 思

不忘初心·方得始终

中华民族有五千多年的历史，创造了辉煌灿烂的中华文明，为世界的发展做出了突出的贡献。19世纪中期，中英鸦片战争使得中国国门洞开，从此中国陷入内忧外患的黑暗境地。近代以来，帝国主义、封建主义、官僚资本主义像三座大山一样沉重地压在中国人民的头上，中华民族面临亡国灭种的威胁。为挽救民族危亡，无数仁人志士前仆后继，从器物、制度、思想文化等方面寻求救亡图存之路，抛头颅洒热血。然而这些努力都没有改变旧中国的社会性质和中国人民的悲惨命运，没有使中国摆脱民族危机，走向复兴。

俄国十月革命后，马克思主义在中国得到广泛传播。中国的先进分子接受了马克思主义，并把它与中国正在发展的工人运动结合起来。在这个基础上，各地成立了一些党的早期组织，后被统称为共产主义小组。1921年，上海共产主义小组通知各地共产主义小组，派代表到上海召开中国共产党第一次全国代表大会，由此正式宣告了中国共产党的诞生。中国共产党一经成立，就把实现共产主义作为党的最高理想和最终目标，义无反顾地肩负起实现中华民族伟大复兴的使命，团结带领全国各族人民进行了艰苦卓绝的斗争，谱写了一首气势磅礴的伟大史诗。

近代以来，中国共产党带领全国各族人民推翻三座大山，取得了新民主主义革命的胜利，建立人民民主专政的中华人民共和国；新中国成立以后，顺利地进行了社会主义改造，确立了社会主义基本制度，发展了社会主义的经济、政治和文化；十一届三中全会以来，党做出了改革开放的重大决策，开启了社会主义事业发展的新时期；十三届四中全会以来，"三个代表"重要思想的提出反映了当代世界和中国的发展变化对党和国家工作的新要求，加强和改进了党的建设，推进了社会主义的自我完善和发展；十六大以来，我们党根据新的发展要求，深刻认识和回答了新形势下实现什么样的发展、怎样发展等重大问题，形成了以人为本、全面协调可持续发展的科学发展观；十九大以来，习近平新时代中国特色社会主义思想的提出，为全党全国人民实现中华民族的伟大复兴提供了行动指南。中国共产党将领导全国各族人民，统揽伟大斗争、伟大工程、伟大事业、伟大梦想，推动中国特色社会主义进入新时代。

万水千山不忘来时路，中国共产党从无到有，历经困难无数。90多年来，为了实现中华民族伟大复兴的历史使命，中国共产党排除万难，为国家谋发展，为人民谋幸福。时光荏苒，岁月如梭，不变的是我党坚定地为人民服务的初心。

新青年·新格局

诗人李皓的《新时代放歌》以细腻温情的语言表达了对中国共产党所取得的成就的歌颂、对祖国未来发展的希冀、对新时代已然来临的欢喜。不忘初心，方得始终，党的十九大报告既是一次汇报总结，也是未来广大民众前行的航标。另外，习近平总书记在十九大报告中指出："青年一代有理想、有本领、有担当，国家就有前途，民族就有希望。"关注青年群体发展、聚焦青年成长成才,对于民族兴盛、对于国家发展,至关重要。

党的十九大报告中明确提出决胜全面建成小康社会,开启全面建设社会主义现代化国家的新征程。进入社会主义现代化建设新时代,中国共产党在原来的战略部署的基础上作出新的战略安排,提出"两步走"战略。重新整合则可以划分出明确的界线。从改革开放初期到20世纪90年代,解决温饱问题;从20世纪90年代到2000年,全面建成小康社会,人民生活水平总体达到小康水平;从2000—2020年,则是全面建成小康社会的决胜期;从2020—2035年,基本实现社会主义现代化;从2035年到本世纪中叶,在基本实现现代化的基础上,再奋斗15年,把我国建成富强民主文明和谐美丽的社会主义现代化强国。正如十九大报告中总结的:从十九大到二十大,是"两个一百年"奋斗目标的历史交汇期。而当代青年正处于国家未来发展关键期,90后和00后这样一批新青年,有着义不容辞的责任和使命为党和国家的新征程贡献力量。将2020年、2035年以及21世纪中叶作为国家发展的阶段节点,一方面既是国情实际情况的显现;另一方面,更是为了充分激励和调动广大青年的积极性、主动性和主人翁精神,旨在引导青年将个人的理想目标与国家民族的命运紧密结合起来,推进广大青年明确目标、坚定信仰,实现双赢。诚如习近平总书记铿锵有力、掷地有声的发言:"今天,我们比历史上任何时期都更接近、更有信心和能力实现中华民族伟大复兴的目标。"

新思路·新方法

时代是思想之母,实践是理论之源。而实践的具体施行离不开科学理论、科学方法的指导。《习近平的七年知青岁月》一书很好地讲述了习近平总书记的成长故事。在他曲折坎坷、奋斗拼搏的青年时代，习近平总书记正是通过一个个质朴的故事给父老乡亲们答疑解惑，引领一批有理想、有担当、有骨气的群众为梁家河的建设贡献力量。大人物讲小故事，小人物讲大故事，老人物讲新故事。也许，只有通过"小故事讲大道理"的方式才能加快实现广大青年对核心义理的把握，在共情中实现重大思想的传播。当代思政教育，也许并不缺少核心价值，只是缺少一种表达的本领和传播的能力。

将理论转化为实践的过程中，也可以试着通过讲述一系列小故事的方式，提供一系列实践机会，给予青年获得体悟正能量、感受积极主流价值的机会，通过议程的设定，促进和鼓励青年通过自己的所观、所想、所思，将所欲传达的主流价值观内化。巧妙使用青年易于接受的方法，才能充分发挥广大青年群体的主观能动性，深入贯彻党和国家的治国方略。诚如习近平总书记在十九大报告中提出的："全党同志一定要永远和人民同呼吸、共命运、心连心，永远把人民对美好生活的向往作为奋斗目标。"团结就是力量，中国人民只有万众一心、团结一致，才能实现祖国统一、实现中华民族的伟大复兴，才能建成社会主义现代化强国。

循正道·成正果

十九大报告指出，进入中国特色社会主义新时代，我国主要矛盾是人民日益增长的美好生活的需要和不平衡不充分的发展之间的矛盾。从"物质文化的需要"到"美好生活的需要"，从"落后的社会生产"到"不平衡不充分的发展"，对中国现存的社会问题聚焦更精准,也和当前所强调的"精准扶贫"、全面建成小康社会等方略相契合。

我们可以从"我从哪里来""我到哪里去""我现在身处何处"这"人生三问"出发,回溯党的理论、党的思想、党的治国方略。"不忘初心,牢记使命"是中国共产党在提醒自己别忘记初衷,初心不改,方为正道。"为中国人民谋幸福,为中华民族谋复兴",是中国共产党当下的治国目标。"扬帆再远航"回应了党未来的发展方向,是新时代党的历史方位的战略定位。而落实到具体青年群体的发展方略,归根结底,也可以从"人生三问"开始。一是从哪里来,青年群体的目标和梦想是什么?二是身处何处,从大的层面来说,可以结合党和国家提出的两步走战略来认识其所处于时代坐标体系中的方位;从小处着手,具体到青年学生所处的城市及学校。三是要到哪里去,对青年群体未来发展进行定位,将个人目标和国家民族的发展联系起来,认清楚只有符合"正道",符合事物发展的客观规律,人生才能真正做到扬帆远航。随着新时代的到来,青年的发展对国家未来的发展、民族的繁荣兴盛起着十分重要的作用。

青年兴则国家兴,青年强则国家强。访世间疾苦以充实胸膛,结天下豪杰以为援助,联寰球英才以通声气。只有广大青年群体切实行动起来,明确前行方向,弘扬爱国精神,才能为国家民族的发展贡献强有力的青春力量。万水千山不忘来时路,艰难险阻砥砺再前行。当代青年群体应在十九大报告的引导下,用新思想来武装头脑,用新方法来践行党和国家的方略,用开阔的格局和豁达的心胸来迎接这美好的新时代!

诗 说

李皓的诗歌从未离开过对祖国、家乡和人民的歌颂与赞扬，在他看来，这三者是一首永远写不完的诗。

李皓是一个土生土长的大连人，他热爱祖国、热爱人民、热爱家乡，喜欢用文字去歌颂祖国的大好河山、去赞扬家乡的风土人情、去吟诵普通民众的质朴勤劳。2017年8月31日，李皓和大连作家等一行应邀参加海洋岛一年一度的开渔节。在岛上，诗人不仅看到了渔民们日益幸福的美好生活，也领略到了戍边战士们火热的军营生活。另外，在开渔节上，诗人李皓也真切体验到了陆地上难得一见的祭海仪式。于是便即兴创作了一组诗歌《初读海洋岛》，李皓说："在远离故乡、亲人的海岛上，这些年轻的战士们用无悔的青春，为这方海岛人民撑起了岁月静好的美好生活，怎能不让人肃然起敬？"2017年12月16日，李皓描写长海县的组诗《初读海洋岛》发表在了《人民日报》副刊《大地》上。他表示，海洋岛是大连的一个海岛，也是他的家乡，为家乡为人民抒写，歌颂家乡的山山水水是一个诗人应尽的义务与责任。

十九大闭幕之初，由《海燕》文学月刊社承办的"大连作家森林·每月笔会"曾专门组织了一场政治抒情诗专场，李皓创作的《新时代放歌》则作为一篇"引文"；随后，《新时代放歌》也在《人民日报》副刊《大地》上发表。他说："作为一名大连本土诗人，同时也是本地文学期刊的主编，我有义务用最美的文字歌咏最伟大的党和新时代。""当镰刀和铁锤,第十九次热切相拥/一定会有激动的泪水,深情抚摸着我们的甜梦/而那喷薄而出的朝阳,一如爱的火花",历经无数风雨,终于迎来了十九大的顺利召开,诗人内心满腔的情意,对祖国未来无限的希冀与向往,感慨万千,无限深情遂化作缱绻文字。这是一个崭新的时代,这也是一个最好的时代;这是丰收的时节,这也是全新的征程。

中国共产党第十九次全国代表大会开幕会于2017年10月18日上午在人民大会堂举行。习近平代表第十八届中央委员会向大会作了题为《决胜全面建成小康社会　夺取新时代中国特色社会主义伟大胜利》的报告。习近平总书记在报告中指出,中国共产党人的初心和使命,就是为中国人民谋幸福,为中华民族谋复兴。这个初心和使命是激励中国共产党人不断前进的根本动力。不忘初心,方得始终。这是中国共产党未来发展的航向,也是万千中华儿女未来奋斗的基石。

乐　说

《不忘初心》是由韩磊与谭维维演唱的一首歌曲。该曲于2016年10月19日在"永远的长征——纪念红军长征胜利80周年文艺晚会"上首唱,是2017年央视春晚零点压轴曲目,也是政论专题片《不忘初心　继续前进》的主题曲。2017年9月,该曲获第十四届精神文明建设"五个一工程"歌曲类优秀作品奖。

2016年,为举办纪念红军长征胜利80周年文艺晚会,作词人朱海与作曲家舒楠合作，从最初以民歌形式创作，到改为流行歌曲，集合多方心血智慧，修改了5次词稿，最终用了60天创作出这首121字的《不忘初心》。

在创作的过程中，朱海踏遍中国革命根据地的各个地方，寻找创作灵感。采风期间，朱海常常思考一个问题：共产党人走过的革命历程，对于21世纪的人们意味着什么？在革命根据地，他看到当年小战士们写下的口号："让革命骑着马前进。"在航天集团，他看到1 000多名博士正成长为国家航天事业的中流砥柱。在一次纪念"七一"晚会上，他看到现场鼓掌最热烈的是年轻人。由此他得出结论，每一个时代每一个年轻人的理想，汇聚成一个民族赓续奋斗的初心。

艰难困苦，玉汝于成。一首《不忘初心》，让人重温红军战士用生命和热血铸就的雄壮历史，重温革命先辈用理想和信念丈量的伟大远征，而听众更应该走好自己的长征路。

歌曲曲调悠扬，歌词暖心，一句"不忘初心，继续前进，万水千山，最美中国道路"，让人重温红军长征那段艰苦卓绝的峥嵘岁月，道尽对祖国和人民的浓浓深情。"万水千山，不忘来时路"，歌曲开门见山，点出听众要牢记从何而来、为何出发。"你是我的一切我的全部"，牢记人民群众的恩情，回报人民，回报祖国这片沃土（以下为歌词原文）。

万水千山不忘来时路
鲜血浇灌出花开的国度
生死相依只为了那一句承诺
报答你是我唯一的倾诉

树高千尺根深在沃土
你是大地给我万般呵护
生生不息只为了那一份托付
无惧风雨迎来新日出
你是我的一切我的全部
向往你的向往　幸福你的幸福

不忘初心　继续前进
万水千山　最美中国道路

主要参考文献

1. 艾青.艾青精选集.北京：北京燕山出版社，2006.
2. 波德莱尔，里尔克.图像与花朵.陈敬容，译.长沙：湖南文艺出版社，2012.
3. 陈希，向卫国.中国新诗读本.广州：中山大学出版社，2016.
4. 法农.全世界受苦的人.万冰，译.南京：译林出版社，2005.
5. 海桑.我是你流浪过的一个地方.北京：新星出版社，2012.
6. 惠特曼.草叶集　恶之花.汪宁，译.呼和浩特：远方出版社，2001.
7. 李皓.新时代放歌.人民日报，2018-01-03.
8. 刘成章.安塞腰鼓.北京：民主与建设出版社，2018.
9. 吕其明.音符里的畅想.北京：中国电影出版社，2009.
10. 马勇.梁启超随想录.太原：山西高校联合出版社，1994.
11. 诗刊社.世界抒情诗选.沈阳：春风文艺出版社，1983.
12. 食指.相信未来：食指诗选.南京：江苏凤凰文艺出版社，2016.
13. 舒婷.舒婷诗文自选集.桂林：漓江出版社，1997.
14. 孙立权.中外名诗选读.长春：吉林文史出版社，2012.
15. 孙妮.走近谭盾：钢琴组曲《忆》.天津：天津音乐学院，2013.
16. 泰戈尔.新月·飞鸟：泰戈尔诗选.郑振铎，译.哈尔滨：哈尔滨出版社，2011.
17. 沃特伯格.什么是艺术.李奉栖，等译.重庆：重庆大学出版社，2011.
18. 佚名.《平凡的世界》配乐直抵人心　作曲是咱成都人.华西都市报，2015-03-04.
19. 余光中.余光中经典作品.北京：当代世界出版社，2013.
20. 中共中央文献研究室.建国以来重要文献选编.北京：中央文献出版社，2011.